DU MÊME AUTEUR

Aux Éditions Gallimard

LA DANSE DE NIETZSCHE, 1988.
LE CIEL DU VOYAGEUR, 1989.
L'HOMME IMMOBILE, 1998.

Aux Éditions Orban

LA NUIT EST EN AVANCE D'UN JOUR, 1985.

Aux Éditions Plon

HENRY MILLER, ANGE, CLOWN, VOYOU, 1991.

Aux Éditions de La Table Ronde

ALEXANDRINES, 1995.

L'Infini

Collection dirigée
par Philippe Sollers

BÉATRICE COMMENGÉ

ET IL NE PLEUT JAMAIS, NATURELLEMENT

roman

nrf

GALLIMARD

« Tu vis, tu vois, tu t'étonnes
— le soir est là. »

HÖLDERLIN

Si je décide de raconter la vie de Louis Fernand de Robert, né à Oran, sous le ciel d'Afrique, le 11 janvier 1912, tout ce qui se sera produit pendant le court laps de temps qu'il aura passé sur cette terre prendra une autre signification. Ainsi, ce matin, en lisant que Kafka mangeait des beignets aux pommes et buvait de la grenadine à Milan pendant l'été 1911, je n'ai pu m'empêcher de penser qu'au même moment, Louis fabriquait son cerveau à venir dans la tiédeur du ventre de sa mère, une Ariégeoise au cœur fragile, qui venait de traverser la mer pour la première fois.

Quatre-vingt-dix années plus tard, c'est ce cerveau qui m'intéresse. Je l'observe, muette, depuis des mois. J'observe ce morceau de corps qui, peu à peu, en se vidant, fait de mon père un autre homme.

Je parle de vide. Est-ce le mot juste ?

Le cerveau de Hölderlin dans sa tour était-il vide ?

Le cerveau de Nietzsche à Turin était-il vide ?

Vide est trop simple. Vide est déjà une réponse. Or je n'ai pas de réponse. Surtout lorsque je plonge mon regard dans ses yeux.

J'écris pour pouvoir lire les mots qui remplissent ce vide.

Nous sommes aujourd'hui devant la bibliothèque. *Sa* bibliothèque. Devant ces livres choisis par lui, un par un, depuis près de soixante-dix ans. Choisis. Aimés, sinon lus. Aimés au point de savoir où chacun se trouvait. Chacun des dix mille livres. Aujourd'hui il ne parle pas. Il regarde la tranche des livres situés sur une étagère à la hauteur de ses yeux. Il regarde cette accumulation de mots pensés par d'autres. Que voit-il ? Voit-il des hommes, des femmes, derrière ces mots ? Il lève légèrement le bras droit, comme pour se saisir d'un volume, mais se ravise aussitôt : se souvient-il qu'il ne lit plus depuis des mois ? Il a l'air de plus en plus concentré.

« Rien », me répond-il lorsque je lui demande en plaisantant : « Mais qu'est-ce qu'il y a, dans cette tête ? » Et il rit, comme délivré. Il rit jusque dans les yeux. Un rire joyeux. Le rire me trouble beaucoup plus que le « rien ». Le rire contredit le rien.

Le mystère est peut-être plus dans le rire que dans le vide. C'est à lui que je devrais m'attacher. Un sourire de nouveau-né — même si la comparaison est usée. Le rire d'un ange.

Ce rire, c'est sa vie. Sa *sienne* vie, comme écrivait Tolstoï le 13 février 1910, quelques mois avant sa mort, à quatre-vingt-deux ans — voici exactement ses mots : « J'ai oublié et j'oublie tout ce qui me composait, moi, *Léon Nikolaïevitch*. Que reste-t-il alors ? Eh bien ! il reste quelque chose de très important, ce qu'il y a de plus important. *Ce qui s'est manifesté à ma naissance dans ce monde, mais qui n'a pas été et ne sera pas, mais est. Et cette mienne vie — est seulement mienne et sûrement mienne…* »

Je devrais laisser le vide aux médecins, aux savants. Le vide, c'est la mort à l'œuvre, la mort de tous. Seul le rire est unique. Un jour, les savants trouveront l'explication exacte du vide (ce jour est presque arrivé), ils décriront avec précision ce qui s'est passé dans ce cerveau, dont ils croiront pouvoir faire reculer la mort — en comblant le vide. Avec n'importe quoi. Tout plutôt que vide. Dans les journaux, on a déjà imprimé la liste des nouvelles façons de combler le vide : « puces électroniques » ou « greffes de cellules nerveuses prélevées sur des cerveaux de personnes venant de décéder ». Il est même précisé que les « cellules de fœtus seraient meilleures que celles des adultes ». Rassurons-nous, cependant : « aucun risque de greffe de *pensée* ».

Alors, oui, je crois que le rire me mènera beaucoup plus loin que le vide.

Je me souviens fort bien de la première fois où Louis a parlé de ce cerveau comme d'un trésor qu'il s'agissait de ne pas dilapider. C'était il y a cinq ans, peut-être. Nous nous trouvions sur une route de campagne, un de ces chemins goudronnés qui relient entre eux les hameaux. « Tu vois, tous ces chemins, m'avait-il dit en désignant d'un large geste toutes les collines alentour… Eh bien ! je *veux* les oublier. »

À l'en croire, loin de constituer sa mémoire, ces chemins ne faisaient que l'*encombrer* et, par sa volonté d'oublier, il croyait pouvoir nier l'oubli qui trouait peu à peu sa mémoire. Naïvement, il espérait combler ces trous par de nouvelles conquêtes. Dans l'inconcevable labyrinthe de ses synapses, il allait remplacer les chemins par le contenu de ces dizaines de livres qui attendaient d'être lus sur les rayons de la bibliothèque. Au fond, n'étaient-ce pas toutes ces promenades sur les chemins qui en avaient repoussé la lecture ? Le raisonnement était d'une logique sans faille.

L'ancien professeur de grammaire s'était ainsi souvenu qu'*oublier* était un verbe actif.

Au retour, Louis avait annoncé sa décision à Eugénie, qu'il ne quittait jamais.

Un autre temps était venu. Un autre âge. Une autre vie.

Louis et Eugénie sortiraient de moins en moins du périmètre du jardin. La vue était belle, dominant la vallée. L'horizon ne manquerait pas.

La même année, ou peut-être la suivante, j'étais allée à Tübingen et je lui avais envoyé, à sa demande, une image de la tour où Hölderlin avait passé trente-six années de sa vie. Cette carte postale est encore posée, verticalement, sur une étagère de la bibliothèque, là où il l'avait placée, mais aujourd'hui, il ne semble plus la voir.

La scène se passe en 1802, quelque part en France. Elle est racontée par une dame, Madame de S...y, une dame de soixante-cinq ans qui n'a pas voulu mourir avec son secret et l'a confié à un ami, l'écrivain allemand Moritz Hartmann, cinquante ans après les événements, c'est-à-dire vers 1850. Malheureusement, ni la dame, ni Hartmann n'indiquent avec précision l'endroit où eut lieu cette rencontre. Car il s'agit d'une rencontre. La rencontre d'une adolescente française de quatorze ou quinze ans avec un Allemand d'une trentaine d'années qui a refusé de dire son nom. Cinquante ans après les événements, sans doute après bien des lectures et des recoupements, la dame a fini par mettre un nom sur le visage de l'inconnu. Ce ne pouvait être que ce poète qui venait de mourir quelques années plus tôt dans une tour de Tübingen. Aussi crut-elle de son devoir de faire part de son « intuition ». N'avait-elle pas valeur de témoignage ?

La dame était fille de notable. Son père était ami du préfet et habitait une maison de maître entourée d'un parc, qui donnait sur une large plaine. Il est difficile, à la seule lecture de la lettre, de situer la ville où se déroule l'action. Tout invite à penser que nous nous trouvons au centre ou au nord du pays, puisque l'inconnu parle de Bordeaux et d'un séjour qu'il vient de faire dans le « sud de la France ». Mais revenons à l'instant de la rencontre. Du balcon de sa jolie maison, la jeune fille aperçoit un beau jour un homme errer « sans but » dans la plaine. « Il revenait sans cesse au même endroit, sans même s'en apercevoir », note-t-elle. Le même jour, au cours de sa promenade, elle s'arrange pour le croiser et s'étonne, en le frôlant presque, de n'éprouver aucune peur ; elle se sent même envahie par un « inexplicable sentiment de compassion » devant ce visage où se lit la douleur. L'homme, malgré ses vêtements usés, déchirés par endroits, n'éveille pas la pitié. L'homme n'est tout simplement *pas là*. « Comme si son esprit était absent, quelque part au loin, en compagnie de personnes aimées. » L'homme est un étranger, à n'en pas douter, d'une trentaine d'années, mais « prématurément vieilli ».

Ce jour-là, l'homme ne pénètre pas dans le parc. N'a-t-il pas osé en franchir la grille pourtant ouverte sur la rue ? Il attendra le lendemain. Son œil est cette fois attiré par un immense bassin qui trône au milieu de la pelouse : autour du bassin protégé par une balustrade, se dressent une vingtaine de statues représentant déesses et dieux grecs. Surpris par cette assemblée insolite, l'étranger se précipite vers elles à grandes enjambées. Il paraît « déborder de joie et d'enthousiasme », ce qui ravit la jeune fille qui se promène cette fois en compagnie de son père. Le garde champêtre n'est pas loin et s'apprête à chasser l'intrus. Mais celui-ci se rebiffe :

« Les dieux ne sont la propriété de personne, ils appartiennent au monde, et s'ils nous sourient, nous leur appartenons. Regardez cette Aglaia, voyez comme elle me sourit, comme elle me captive, elle ne sourit pas qu'à son propriétaire.

— Il s'agit de Pomone », corrige le père.

Mais l'étranger n'est pas d'accord. Aglaia n'est-elle pas la lumière ? Et puis, il trouve que l'eau est sale : « Elle devrait être aussi limpide que le Céphise ou l'Érechtéion sur l'Acropole… », ajoutant tristement, après une pause : « mais nous ne sommes pas en Grèce. »

Le père profite de l'occasion pour lui demander s'il est grec :

« Oh, non ! bien *au contraire*, soupire l'homme, je suis allemand.

— L'Allemand est-il le contraire du Grec ?

— Oh ! Oui !… Nous le sommes tous. Vous les Français, et aussi les Anglais, vos ennemis… »

La réflexion enchante le maître des lieux qui, dès le lendemain, fera nettoyer son bassin. L'Allemand est qualifié d'« original » et invité à entrer dans la demeure, où on le présente à la tante, qui semble régner sur le domaine. Éprise de métaphysique et de philosophie, celle-ci interroge l'inconnu sur « la nature de l'immortalité », dont il semble parer les dieux grecs. À l'en croire, une sorte de « génie » du beau et du bien visiterait certaines « parties de l'âme » et se déposerait dans les œuvres de certains artistes.

« Et vous-même, pensez-vous être immortel en ce sens ? demande la tante.

— Moi ? répond-il interloqué, moi qui suis assis devant vous ? Non ! Je n'ai plus de belles pensées. Mais celui qui était moi il y a une dizaine d'années, celui-là est immortel, à n'en pas douter. Oui, pour sûr, il l'est. »

Que s'est-il passé en dix ans ? Où était-il il y a dix ans ? Où était Hölderlin en 1793, à vingt-trois ans ? Hölderlin écrivait *Hypérion*. Hölderlin *était* Hypérion. Il restait du matin au soir enfermé « dans sa chambre solitaire » en rêvant à son « roman grec ». Certains jours, il lui semblait même retrouver la lumière d'Athènes dans le ciel de Tübingen, particulièrement l'été, comme ce matin de juillet, qu'il passa à marcher sous les platanes en compagnie des disciples de Platon : une « divine » promenade au bord de l'Ilissos, écrivait-il à Neuffer… (l'Ilissos ou le Céphise ? ne dévalent-ils pas tous deux les pentes du mont Hymette ?) Son but ? communiquer à son roman une « étincelle de cette douce flamme ». C'était là « *sa véritable vie…* » En 1793 Hölderlin *était* en Grèce.

Mais revenons dans le salon de notre noble famille française, au début du dix-neuvième siècle : le père, la tante et la jeune fille aimeraient bien connaître le nom de cet inconnu à l'esprit certes « dérangé », mais si « profond » et de nature « si noble ». Mais l'homme refuse de répondre : « demain, peut-être, promet-il. Il m'est parfois *difficile* de me souvenir de mon nom. Croyez-moi. »

Quel nom veulent-ils ? Celui d'il y a dix ans ? ou celui d'aujourd'hui ? *Hölder,* comme l'appelaient ses camarades du « Stift »… ou *Hypérion* ? *Hölder,* comme l'appelait Suzette… Que fait Suzette en ce moment ? N'est-elle pas malade ? Pourquoi a-t-il fui la mer et Bordeaux dont il vante ici même la beauté ?...

L'homme a été invité à passer la nuit au « château », mais il ne sort pas de son rêve. Alors que tout le monde dort, il s'enroule dans son drap blanc et ouvre la porte de sa chambre. Puis, s'emparant d'une épée trouvée sur une armure du Moyen Âge qui orne la cage d'escalier, il descend quelques marches, glaive à la main.

Où est-il ? Et *qui* s'est saisi de l'arme ?

« Sans l'épée, on aurait très bien pu le prendre pour une des statues du bassin », note la jeune fille devenue vieille.

Sans opposer la moindre résistance, le *Grec* est reconduit dans sa chambre.

Le lendemain, l'étranger se réveilla très tôt. Il se promenait déjà dans le parc lorsque la famille se leva. Mais il « penchait tristement la tête ». Personne n'osa l'interrompre dans ses pensées. Pour la première fois, il ne s'arrêta pas au bord du bassin pour observer les dieux. Il s'avança « à pas lents » vers un bosquet où se trouvait un banc. Un paysan rapportera plus tard qu'il était resté un moment allongé sur ce banc avant de poursuivre sa route.

On ne le revit jamais.

Entre le 10 mai et le 7 juin 1802, Hölderlin a marché de Bordeaux à Strasbourg en passant par Paris. Personne n'a jamais su quels furent ses chemins. Cette ignorance était insupportable, car chacun sait qu'après ce périple le comportement du poète ne fut plus jamais le même. L'explication se trouvait dans ce blanc. Ce blanc devait être comblé. Hartmann écouta ses rêveries et les transforma en légende. La légende fut préférée au vide. Au point que lorsque fut inventée la pellicule, la légende fut mise en images. On reconstitua le bassin dans le parc d'un château de la Loire et on l'orna de statues de plâtre, puis on filma. La rêverie perdait du terrain.

Je la reprends.

Je la reprends dans ce train qui, presque chaque semaine, me fait traverser la France en direction du sud-ouest. C'est en effet sous ce ciel-là que se vide le cerveau de Louis. Le ciel de Montaigne. Jamais je ne ferai le chemin à pied. Je traverse le plus vite possible. Allers-retours. Le billet coûte moins cher. Va-et-vient entre Paris et les bords de la Dordogne. Je sais que le corps de Louis ne quittera plus ce petit morceau de terre. La seule chose que j'ignore, c'est le temps qu'il y restera. Le temps que mettra ce cerveau à oublier les routes et les visages.

Par la fenêtre défile donc le paysage qu'a traversé Hölderlin au mois de mai 1802. Je peux imaginer, de loin, ses derniers chemins parcourus. Seule leur lumière parvient jusqu'à moi. Prisonnière de cette machine qui roule, je me sens peu à peu gagnée par la sensation que le temps ne passe plus. Divagations : du père au poète et du poète au père.

C'est tout à fait « librement » qu'on autorisa Johann Christian Friedrich Hölderlin, « un mètre 766 millimètres », à circuler entre Bordeaux et Strasbourg. « Homme de lettres » à l'aller, le poète s'est mué en « instituteur » au retour. Il a toujours les cheveux « châtains », le visage « ovale », le front « haut », les yeux « bruns », la bouche

« moyenne » et le menton « rond ». Libre retour au pays natal. Retour légendaire. Diligence ? ou seulement le rythme des pas ? La marche sous le soleil, *avec* lui. Jusqu'à Paris. « Il faudra que je veille à ne pas perdre la tête en France, à Paris » avait-il écrit, un an plus tôt, tout gonflé de joie. Au musée des Antiques, Paris est un morceau de Grèce.

Hypérion va retrouver Diotima.

Hölderlin voyage sans bagages. Il a fait expédier ses malles à l'adresse de sa mère. Dans l'une d'elles sont rangées les lettres de Suzette. Sait-il qu'elle va bientôt mourir ? Mourir comme il a fait mourir Diotima — seule sur son île de Calaurée.

Dans une poche intérieure de mon sac de voyage, j'ai glissé un petit paquet que mon père m'a confié il y a maintenant trois mois. Il s'agit des lettres que lui adressa Eugénie en 1947, lorsqu'ils vivaient séparés. Je n'étais pas encore née. Les lettres sont toutes postées de Belgique. Des lettres d'une mère sans enfant, d'une mère sans *moi* — les lettres d'une jeune femme amoureuse de trente-trois ans.

Combien de temps Louis a-t-il conservé la mémoire des chemins qu'il cessa brutalement de parcourir, obéissant à sa promesse ? Je me le suis souvent demandé. Cherchant la réponse dans les livres, j'appris que l'on pouvait fort bien être capable de *décrire* les rues d'une ville où l'on avait vécu sans pour autant les *reconnaître* en s'y promenant. C'est-à-dire que notre esprit pouvait parfaitement se souvenir de rues dans lesquelles notre corps se sentirait perdu. Cette découverte me donna le vertige. Cela signifiait-il qu'en chacun de nous se déroulaient deux vies, indépendantes et parallèles ? que nos mouvements pouvaient ne plus être reliés au contenu de notre esprit ? qu'il n'y avait plus *coïncidence* ? que le monde imaginaire n'influait plus du tout sur la perception ? que nos sens, en un mot, étaient coupés de notre mémoire ? et donc, en triste conséquence, qu'aucune madeleine ne serait jamais plus capable de faire remonter à la conscience la douceur des après-midi d'été... Bref, que le cerveau poursuivait *sa* vie sans se soucier de notre histoire.

Depuis que Louis ne sortait plus, je le trouvais plus silencieux. C'était à croire que les promenades, bien plus que la lecture, favorisaient la parole. Sans doute à cause de la photo de la tour de Tübingen, il avait sorti des rayons le volume vert de la Pléiade contenant les *Œuvres* de Hölderlin. Le livre restait ouvert sur sa table. Un tremblement de la main droite l'empêchait de prendre des notes : il se contentait de souligner certains passages, que je ne pouvais m'empêcher de lire. Ce trait un peu sinueux sous les phrases remplaçait en quelque sorte les mots qu'il ne prononçait plus.

Car la *volonté* d'oublier les chemins se doublait, chez Louis, de la *décision* de vivre en « anachorète ». C'était son mot. Le mot était une vie à lui tout seul… *Khôrein* évoquait l'espace : l'anachorète est celui qui se retire, en arrière, ou bien en haut, ailleurs, ici même. Un mot qu'il préférait à « ermite », trop souvent lié au désert. Or la maison de Louis n'avait rien d'un désert. Elle résonnait encore des rires des jours heureux. Il n'était pas question d'aller ailleurs. Cet *ici* était tout son avenir. Et cet *à venir*, sa raison de vivre.

Il regardait avec détachement les photographies de leur passé qu'Eugénie avait patiemment collées sur des albums. Cette mise en ordre des jours enfuis semblait être la dernière tâche que ma mère s'était assignée. Accumuler les traces de sa vie d'autrefois lui procurait fierté et apaisement. Eugénie *contemplait* son œuvre, qu'elle estimait achevée. Et c'était avec une curiosité presque joyeuse qu'elle attendait la « maladie » qui allait *sûrement* l'emporter.

À l'inverse, Louis désirait *se surprendre*, dans l'espoir d'un inattendu. Il avait choisi le présent afin d'accueillir le nouveau.

Ainsi, tandis qu'elle s'emplissait d'images, Louis *oubliait*. C'était une occupation à temps plein. Cela me rappelait cette phrase du journal de Perros : « J'ai une excellente mémoire : je ne retiens presque rien. » Mon père aimait en plaisantant se comparer à Montaigne qui reconnaissait volontiers être « homme de nulle *rétention* ». Les journées glissaient sur lui sans laisser de traces. Rien de poreux. Une surface lisse. Et Louis se soumettait sans panique à ce nouvel état des choses, tandis que je lui rappelais souvent cette remarque de Nietzsche qui le ravissait toujours : « L'avantage de la mauvaise mémoire est qu'on jouit plusieurs fois des mêmes choses pour la *première* fois. »

La profession déclarée d'*anachorète oublieux* n'avait en rien modifié le rythme de leur vie, dont Eugénie était l'ordonnatrice. Se serait-il seulement levé si elle ne l'avait pas réveillé, chaque matin, autour de dix heures ? Il aimait ses songes, me disait-il.

Était-ce parce qu'ils échappaient à la mesure du temps ?

Je me rendais compte, en effet, qu'il avait presque autant de mal avec le décompte des jours et des heures qu'avec le sens des chemins. Son monde était un autre monde. Présent. Et ne dépassant pas l'horizon capté par son regard. Ses sorties se limitaient à faire le tour du petit bosquet situé derrière la maison, deux fois par jour, et j'avais l'impression qu'avec ou sans volonté les routes s'étaient vraiment effacées de sa mémoire.

Eugénie respectait le silence de Louis. Elle y voyait une inéluctable manifestation de l'âge, pour lequel elle avait la plus grande considération, puisqu'il expliquait tout. Ce n'est pas elle qui se serait inquiétée de savoir si la tête partait avant les jambes, si la mémoire filait avant les muscles. Puisque tout devait disparaître, l'ordre des opérations n'avait qu'une importance relative.

Après tout, comme on pouvait le lire dans les livres, la matière de l'esprit n'était rien que de très ordinaire : du carbone, de l'hydrogène, de l'oxygène, de l'azote, du soufre et du phosphore, plus quelques autres métaux à l'état de traces. Il n'empêche que cet agrégat de matières avait fini par s'organiser : les chiffres étaient vertigineux. Le seul cortex cérébral possédait trente à cent milliards de neurones, qui produisaient à leur tour un million de milliards de connexions. Certains s'étaient amusés à calculer qu'il faudrait trente-deux millions d'années pour les compter toutes, à raison d'une par seconde. À cela il faudrait ajouter que tous les neurones ne se ressemblaient pas, qu'ils s'ornaient de projections arborescentes qui variaient presque à l'infini et auxquelles on avait donné le joli nom de « dendrites ».

Où donc, dans ce labyrinthe, pouvaient se trouver les souvenirs — et la mémoire des souvenirs ?

Et comment, dans cet inextricable réseau, Louis était-il devenu celui qu'il était, unique, avec sa *sienne* vie, lui aussi. Les mots étaient toujours là : seuls les événements s'effaçaient. Les événements de sa *sienne* vie. Ils s'effaçaient, comme peuvent s'effacer les événements vécus par un enfant qui ouvre les yeux sur le monde et articule ses premiers mots. Je pensais : était-il gris ou bleu l'instant où Louis nomma pour la première fois le « ciel » ? Il a deux ans, trois ans, il vit au bord de la mer, dans la ville où je suis née — Alger. Cela devrait m'aider.

« Perte de la mémoire épisodique » : c'est en ces termes que fut résumé par la science le stade présent de son amnésie.

Ainsi, depuis maintenant deux ans, je porte un regard nouveau sur le crâne chauve de mon père. Il n'est plus que l'habitacle de ce mystérieux morceau de matière qui, lentement, modifie sa conscience. Je me demande, par exemple, s'il pèse plus d'un kilo et demi (ce qui est rare), ou s'il doit ses déficiences à la fragilité de ses dendrites qui ont l'air si vulnérables sur les schémas reproduits dans les livres.

Je viens d'apprendre que le cerveau d'Einstein avait été découpé en deux cent quarante morceaux le lendemain même de sa mort par un dénommé Harvey chargé de l'autopsie du corps, le 19 avril 1955. Deux cent quarante petits dés. Deux cent quarante parcelles de génie, que l'homme avait conservées dans du formol, le tout soigneusement rangé dans une boîte métallique marquée Cidre Costa pendant plus de vingt-trois ans. Je tente de me figurer la masse molle de ce cerveau encore entier derrière le visage du savant reproduit en millions d'exemplaires sur les cartes postales du monde entier. Il avait écrit, je l'ai lu : « Je veux être incinéré, afin que les gens ne puissent pas idolâtrer mes ossements. » Ce qu'il avait oublié, c'était que personne n'irait chercher l'énigme de son génie dans ses omoplates, ni même dans sa boîte crânienne. Harvey était allé droit au but, avec méthode et détermination. Pourquoi avait-il préféré les dés aux lamelles ? Certains chercheurs aujourd'hui le déplorent : les lamelles auraient permis d'autres analyses et peut-être d'autres conclusions… Deux cent quarante. Ce chiffre était tellement extravagant qu'il n'hésita pas à en céder quelques exemplaires à de savants anatomistes qui décelèrent « un excès de cellules gliales et un amincissement du cortex frontal ». La « glie » nourrirait les neurones. Trop invisibles pour être montrées, les cellules, grossies au microscope, furent soigneusement photographiées : l'agrandissement est en ce moment exposé dans le hall d'une célèbre université, où chacun peut les admirer.

C'est le 7 juin 1802 que Hölderlin rentre définitivement au pays natal en franchissant le pont de Kehl... C'est un 7 juin, quarante et un ans plus tard, qu'il meurt dans la petite chambre qu'il occupe depuis trente-six ans dans la tour du menuisier Zimmer. Son cas est si singulier que les médecins lui ouvrent le crâne afin d'en retirer le cerveau : on le mesure, on l'analyse, on le trouve « sain » et parfaitement constitué, bien irrigué. Sur le rapport, on note cependant que le *ventriculus septi pelliculi* est légèrement hypertrophié et contient de « l'humeur ».

« L'humeur »... Est-ce un autre nom pour la « glie » ?

Louis prétend qu'il y eut un jour, très précisément un vingt-deux mars, où son monde intérieur chavira.

Ce matin-là, penché au-dessus d'une cuvette rouge, il assista à la mort par noyade de deux chatons sauvages venus naître dans son jardin. D'une main ferme, il s'était saisi du troisième qu'il avait arraché au néant, in extremis. L'image de ce double meurtre s'imprima si profondément dans son esprit qu'il en perdit presque la parole. Cette aphasie dépressive fut aussitôt combattue par de dérisoires pilules. La vie avait, de toute façon, basculé.

Il n'était plus question de mémoire ni d'oubli. Plus même de joie, ni de tristesse. Seulement d'attente. C'est à partir de cet instant que Louis, ne sachant que faire de ce nouveau cerveau sans désir, se contenta d'exister dans l'ombre de son épouse. Dans l'ombre de sa parole. À l'abri. Il n'avait aucune envie de disparaître.

Pendant deux ans, Eugénie vécut pour deux, rêvant d'une mort brutale qui les libérerait ensemble d'une existence qui ne *se* ressemblait plus.

Pendant deux ans, sur le bureau de Louis, les livres demeuraient longtemps ouverts à la même page. Chaque matin, il s'asseyait à sa table et cherchait à reprendre sa lecture là où il l'avait laissée. Il ne soulignait plus rien puisque les phrases ne s'imprimaient nulle part.

Mais de loin, assis près de la fenêtre, penché au-dessus de son livre, le regard concentré, Eugénie pouvait s'imaginer qu'il était celui qu'elle avait toujours connu, et cela suffisait, certains jours, à combler son cœur.

Une fois franchi le pont de Kehl, le 7 juin 1802, personne ne sait avec certitude où s'est dirigé Hölderlin. Entre le 7 et le 30 juin, a-t-il seulement *parlé* à quelqu'un ?

Tous les livres rapportent scrupuleusement le témoignage de son ami Matthison, qui l'aurait vu à Stuttgart (la date n'est jamais précisée) : « pâle comme la mort, fort amaigri, l'œil vide et sauvage, les cheveux longs, habillé comme un mendiant. » Il ne l'aurait pas reconnu. Hölderlin se serait présenté avant de disparaître aussitôt. Où est-il allé ? D'où venait-il ? Ce que l'on sait, c'est qu'entre le 7 et le 22 juin, Suzette Gontard, dans sa maison de Francfort, luttait contre la maladie : une maladie d'enfant, la rougeole, ou peut-être la tuberculose.

Peu importait, après tout : Diotima était en train de mourir.

Hölderlin avait tué Diotima. « Pardonne-moi de la faire mourir », avait écrit le poète : « la disposition du livre l'exigeait ». Suzette n'était pas d'accord.

S'en souvient-il ? L'important, n'était-ce pas, avant tout, de laisser une trace de « leur vie » ? de leur vie *en Grèce*. Est-ce dans cette lettre qu'il lui disait aussi : « le plus révoltant, c'est l'idée que nous allons peut-être périr en pleine force parce que l'un manque à l'autre » ?

C'était en novembre 1799, un an après leur séparation. Entre-temps, combien de lettres ? de mots ? de rencontres fugitives qui ne faisaient qu'attiser la douleur ? Est-ce ce même jour qu'il avait écrit : « cette lutte sans fin, cette contradiction interne finira, c'est vrai, par te tuer lentement » ?

Hölderlin était-il à Francfort, ce 22 juin 1802, jour de l'enterrement de Suzette ? Rien n'interdit de le penser. Rien, non plus, ne le laisse supposer.

Hypérion a tué Diotima, mais il ne l'a jamais vue morte.

Jamais il n'est retourné sur l'île de Calaurée. « Ne viens

pas » lui avait écrit son ami Notara. « Je te connais. *Ton esprit s'égarerait.* » Hölderlin a-t-il encore en mémoire ces mots écrits cinq ans plus tôt ? Voir Suzette une dernière fois serait peut-être folie. C'est par le feu que Diotima avait souhaité « être séparée de la terre ». Elle avait voulu que ses cendres soient déposées dans la forêt au lieu de leur première *rencontre*, là où elle s'était écriée, sa « charmante tête » posée sur son épaule : « Vieux arbres, mes amis ! »

Cela, Hypérion peut l'imaginer.

Et pour lui seul, longtemps, il gardera son secret.

Un matin, c'était un mardi, Eugénie a senti venir la maladie. Ce fut brutal. Elle a vomi. « Ça va passer », a-t-elle pensé, non, on ne meurt pas de vomissements. C'est plutôt une maladie d'enfant. Rassurée, elle s'est recouchée. Et Louis ne s'est pas levé. Sans elle, il n'avait aucune raison de se lever. « Ne pas la quitter » : voilà à quoi se résumait sa vie. Comme elle, il a fermé les yeux. Et, comme elle, il a attendu. Il a serré sa main dans la sienne. Où qu'elle aille, il la suivrait. Il en était convaincu. Les heures ont passé. Eugénie respirait encore, mais ne parlait plus. La nuit tomba sur leurs corps immobiles. Ce n'était peut-être qu'un rêve. Dans les rêves, on ne se nourrit pas. La faim ne le réveilla pas, ni la soif. Au matin, la lumière avait envahi la chambre. Un autre jour commençait. Un jour d'hiver. Louis aurait été bien incapable de dire lequel. Un léger râle sortait de la bouche d'Eugénie. Rien n'était fini. Leurs mains ne s'étaient pas lâchées. Ils étaient ensemble. Vivants. Des corps en vie, mais sans besoin. Des corps en attente de la mort. Il n'y avait rien à expliquer.

Et Louis a refermé les yeux. Il dormait lorsqu'il entendit frapper. Il se leva. Presque étonné. Eugénie respirait encore. Il l'appela. C'était toujours elle qui, d'ordinaire, allait ouvrir la porte du jardin. Mais elle ne répondit pas.

Un ami est entré dans la chambre. Deux ambulanciers soulevèrent le corps d'Eugénie et l'emportèrent. Ce n'était pas un rêve.

Le lit était vide.

Louis se dirigea vers la cuisine. Il avait faim.

« *Mourir ensemble* — ce serait folie que de l'espérer… » avait écrit Suzette à Hölderlin.

Eugénie fut enterrée quelques jours plus tard dans le petit cimetière du village. Louis n'a pas vu le cercueil disparaître sous terre. Il n'a pas voulu. Dans le couloir, il tenait sa tête entre ses mains et il me regardait, comme apeuré : « *Je suis en train de devenir fou* » répétait-il. Simplement *fou.* Pas fou de douleur, ni de solitude. *Fou.*

Les médecins ont doublé les doses de pilules. La tristesse devait se résoudre dans l'alchimie des neuromédiateurs. Mais Louis se refusa à toute photographie de son cerveau. La pensée devait demeurer invisible.

Le 9 avril 1805, le docteur Müller déclare que Friedrich Hölderlin est désormais « incapable de prononcer une parole sensée… qu'il en est arrivé au point que sa folie s'est faite furieuse et que l'on ne comprend tout simplement plus ses propos, à première vue un mélange d'allemand, de grec et de latin ».

Hölderlin ne cache donc plus qu'il est grec.

Choisir sa langue ne l'intéresse plus. Parler, même, devient inutile. Installé chez un compagnon souabe, un sellier dénommé Lattner, il se contente de musique : « jour et nuit, il improvise sur son pianoforte. »

« Je joue de la musique et je chante », répondait Nietzsche *le fou* quand on l'interrogeait sur son emploi du temps à Weimar, où il vivait comme un enfant sans âge entouré de sa mère et de sa sœur depuis que le décompte des jours s'était arrêté à Turin un beau matin de janvier 1889.

Hölderlin n'a que trente-six ans. À trente-six ans, on ne quitte pas le monde des hommes aussi facilement. Les médecins tentent de vous soigner. C'est ainsi que le 11 septembre 1806, le poète est emmené de force dans la clinique du docteur Autenrieth, à Tübingen : les potions magiques se succèdent, belladone et digitale, mercure et cantharide, le tout dans des tisanes de camomille et d'anis : cet « Autenrieth veut à la fois chasser poésie *et* folie… », constatera un ami…

En automne 1945, Artaud vit depuis huit ans à l'hôpital psychiatrique de Rodez, interné parce qu'il avait « besoin de poésie pour vivre ». Enfermé, empoisonné, endormi à l'électricité pour avoir voulu « rechercher ce dictame *corporel* de l'âme, matière magique de la poésie… »

Presque en face de la clinique d'Autenrieth vit un menuisier chargé de construire les « palissades » de bois destinées à protéger les fenêtres et le poêle dans la « chambre des fous ». Le menuisier a lu *Hypérion* et il sait que le cerveau d'un poète ne souffre pas de manque, mais de trop-plein. « C'est le trop qui l'a rendu fou… C'est toute cette science… Ses pensées, on dirait un vol de colombes qui tournoient autour de la girouette du toit… »

Le menuisier lui offre une chambre, au premier étage de sa tour. De la chambre, on a vue sur le fleuve, sur le Neckar et sur les arbres. Un petit jardin clos entoure la demeure. Une nouvelle vie commence.

Dans une vitrine du musée médical Warren de l'université Harvard à Boston, on peut voir les restes du crâne d'un certain Phineas Gage, mort en 1861. Treize ans avant son décès, Gage avait été victime d'un accident au cours duquel une barre de fer d'un mètre dix pesant plus de six kilos avait transpercé son cerveau. Non seulement l'homme avait survécu, mais la mémoire était intacte. On avait seulement constaté un changement de personnalité, qui l'empêchait de vivre seul : Phineas au crâne troué avait perdu toute notion d'*avenir*. On s'est depuis beaucoup interrogé sur la région du cerveau que la barre avait endommagée, une région plus ou moins située sur le « ventre » du lobe frontal.

Ainsi on pouvait toucher du doigt le petit morceau de matière où siégeaient les décisions des hommes... Les perspectives devenaient infinies.

Assise en face de Louis à la table de la cuisine, je regarde son front toujours lisse penché au-dessus de son assiette : une barre invisible lui aurait-elle troué la cervelle ? je tente d'imaginer les dégâts : circuits coupés, dendrites en bouillie, axones en miettes. Car pour mon père, comme pour Phineas Gage, l'avenir n'existe plus. Depuis la mort d'Eugénie, il vit dans un éternel présent à peine scandé par l'alternance des jours et des nuits. Il y a longtemps que les réveils, même aux chiffres fluorescents, lui sont devenus invisibles. Seule une horloge intérieure décide de son lever matinal et il s'étonne lorsque je lui apprends qu'il a pris sa douche à quatre heures, bien avant la lueur de l'aube. « Ce n'est pas *possible* ! », s'écrie-t-il. Je sens qu'il ne me croit pas. Il lève les yeux. Tout est tellement normal autour de lui. C'est l'heure du petit déjeuner, il me réclame son café. Aujourd'hui ressemble à hier — et il n'y a pas de demain.

Et soudain il me regarde avec plus d'intensité.

« Je te regarde parce que tu me ressembles », me dit-il. C'est *lui* qu'il cherche sous mes traits, c'est sur mon visage qu'il veut reconnaître sa *sienne* vie : notre ressemblance est devenue la seule preuve de son existence. Il vit avec un souvenir de lui-même et je lui rappelle ce souvenir.

De toute évidence, l'homme qu'il reconnaît sur mon visage était un homme heureux, tellement ses yeux s'illuminent.

Désormais, tous les matins, il s'installe sur son canapé, jambes allongées, les pieds posés sur une table basse : sur la place vide à côté de lui s'empilent les livres qu'il voudrait lire. Aujourd'hui il a choisi un livre rose, dont le titre m'intrigue : *L'Homme et son Ange*. Je remarque qu'il ne l'ouvre jamais à la première page, comme si la lecture du jour devait être forcément poursuite de celle de la veille. Mais hier n'existe pas plus que demain. La phrase est une redécouverte quotidienne. Sa vie n'est plus qu'une succession de *premières fois*.

Mais plus encore que le choix du livre m'intrigue sa rupture avec ses habitudes : pourquoi ne se dirige-t-il plus jamais vers ce bureau près de la fenêtre où Eugénie aimait tant le voir travailler ? Était-ce donc seulement pour elle qu'il s'efforçait chaque matin de recomposer le tableau de leur bonheur ? Était-il à ce point conscient du profond plaisir qu'il lui faisait en sauvegardant les apparences ? Cette image de la sérénité chaque jour renouvelée aurait-elle été sa dernière preuve d'amour ?

Louis ne parle jamais d'Eugénie. L'évoquer serait souligner son absence. Et je me demande parfois si cette vie sans heures n'est pas le subtil moyen que s'est inventé son cerveau pour demeurer en sa compagnie.

Hölderlin vivra dans une pièce ronde, au premier étage d'une tour, éclairée par trois fenêtres pendant plus de douze mille jours. Une pièce sans angles, sans arêtes, sans brisures. Mais il s'est arrêté de compter. Plus d'âge ni de dates. Il ne connaît plus que l'ombre ou la lumière, l'aurore ou le crépuscule. Et les saisons, qui reviennent toujours.

« Seul au cœur de la beauté du monde », il attend.

En cet automne 1811, il joue comme un enfant au milieu du verger. Il rit lorsque les prunes lui tombent sur la tête et se régale de raisins. Il se montre poli, doux et amical. À personne, il ne parle de Suzette. Avec ses souvenirs, « il noircit chaque jour des quantités de feuilles ». Certaines seront sauvées. Désir lui vient soudain de « redire, en détail, le passé », de recomposer les images du bonheur. De « très loin » lui arrive la voix de Diotima : « Oui, je l'ai avoué, je fus tienne. » Où était-ce ? Il revoit l'œillet, la violette, la jacinthe. Sous les arbres, « le rossignol mêlait sa voix suave au chant des passereaux ». Et la lumière ? « Était-ce le printemps ? L'été ? » Il y eut un jour. Un jour où la vie bascula. Un jour « délicieux, qui commença par des aveux, des mains pressées… »

Hypérion revoit les sentiers de l'île de Calaurée, Hölderlin se promène avec Suzette dans les jardins de Kassel. C'était en 1796, au mois de juillet, je le rappelle pour la mémoire des hommes, mais le poète s'en moque. « Je fus heureux une fois, Bellarmin, s'écriait Hypérion, ne le suis-je pas encore ?… »

Sur le papier le poème se compose, le monde se recrée.

Parmi les plantes, y avait-il aussi des myrtes ? Non, car « les myrtes, on les trouve en Grèce ».

L'autre jour, justement, Zimmer lui a montré le dessin d'un temple. L'homme qui « se sent si seul au cœur de la beauté du monde », l'homme qui joue du pianoforte à longueur de journée, sait-il encore qu'il vit à Tübingen ? Serait-il à Athènes ? À l'habile menuisier, le poète demande de lui confectionner un petit temple en bois, semblable à celui de l'image et qu'il contemplerait chaque jour de son lit. Mais Zimmer n'a pas le temps. Zimmer a un métier, une femme, des enfants. Pas le temps de rêver, ni de « philosopher », lui…

Alors, la main se saisit aussitôt du crayon sur la table pour offrir un cadeau à son sage bienfaiteur :

« *Les lignes de la vie sont diverses*
Comme les routes et les contours des montagnes. »

Sous les fenêtres coule le Neckar et au loin les prés reverdissent : c'est le printemps 1812, mais sa *sienne* vie, déjà, ignore le calendrier.

Ce devait être en 1918. La carte postale n'est pas datée. Elle représente la Citadelle de la ville de Corfou ; de sa petite écriture régulière, le père de Louis a complété la légende : « C'est là que nous sommes *casernés.* » La guerre n'est donc pas finie. La Grande Guerre. Depuis quand Louis n'a-t-il pas vu son père ? Chaque jour, sa mère l'entraîne sur le port d'Alger pour lui montrer la mer. Elle lui explique que le soldat Ferdinand, son père, se trouve sur une autre terre, là-bas, de l'autre côté, là où les yeux ne peuvent pas voir, une terre minuscule posée au milieu de la mer. La même mer. Cette petite terre s'appelle une île. L'île de Corfou. En Grèce. Ferdinand a eu de la chance, pense-t-elle. À Corfou, on meurt moins qu'à Verdun. Mais cela, elle ne le dit pas. Cette mer l'a sauvée, pense-t-elle, cette mer Méditerranée que Ferdinand a traversée pour briser la ligne d'une vie toute tracée. Ferdinand est un aventurier. Un fonctionnaire aventurier — le premier à oser quitter son petit village de l'Ariège.

On dit que les îles sont belles. Émilienne rêve. C'est le rêve qu'elle enseigne à son fils. Elle lui apprend qu'on peut se consoler de l'absence en se racontant des histoires. Et que le rêve et les histoires sont aussi nécessaires à la vie que l'air qu'on respire. Certains se donnent même la peine de les écrire dans des livres. Louis aime les livres, mais il préfère encore la mer et les bateaux. Une deuxième carte est arrivée, une aquarelle aux couleurs pastel, on y voit un joli village accroché à une colline, au milieu des oliviers et des cyprès : de petites maisons blanches aux toits roses. Au premier plan, sur un chemin de terre, deux femmes se croisent, portant leur cruche sur la tête. Comme la précédente, la carte est adressée à l'enfant : « Penses-tu à ton papa ? » demande Ferdinand, « Es-tu toujours bien sage ? Apprends bien à lire et à écrire. » Émilienne ne sait pas lire l'alphabet grec : elle aimerait connaître le nom de ce village qui ressemble au paradis. Ασπιώτυ, Κέρκυρα : voilà ce qui est écrit, en haut, à gauche.

À six ans, le cerveau de Louis est déjà capable de se souvenir, capable de relier les mots et les images, les mots et les lettres, les mots et les histoires : ainsi la « guerre » demeurera longtemps associée à cette vision de paradis dessiné sur une carte postale envoyée par son père.

Les deux cartes n'ont jamais été perdues : quatre-vingt-deux ans plus tard elles se trouvent sur une étagère de la bibliothèque de Louis, à côté de la photo de la tour de Hölderlin. Cette juxtaposition est-elle le fruit du hasard ?

Corfou, Kerkyra. C'est presque Calavria : Calaurée, l'île bienheureuse. Diotima entraîne Hypérion sous les arbres « parmi les couleurs de la vie ». Sous l'olivier, le cyprès, le citronnier, ils parcourent les « chemins odorants et secrets ».

Lorsque Ferdinand rentra de son île de paradis, on lui proposa un travail d'économe dans un petit hôpital de village, à cinquante kilomètres d'Alger. Le village s'appelait Ménerville. Depuis qu'elle avait reçu la carte postale de Corfou, Émilienne s'imaginait que tous les villages des bords de la Méditerranée ressemblaient à celui dont elle n'avait jamais pu déchiffrer le nom et elle se voyait déjà dans une de ces petites maisons blanches accrochées au flanc d'une colline dominant des champs d'oliviers qui plongeraient jusque dans la mer. Elle voyait des sentiers ombragés, où Louis pourrait jouer des jours entiers sans craindre les voitures à cheval ou à moteur qui encombraient les rues d'Alger. Elle apprendrait en même temps que son fils le nom des arbres et des fleurs qu'elle n'avait jamais vus dans son enfance. Pas d'ormes ni de châtaigniers, mais des eucalyptus, des orangers, des plaqueminiers et des néfliers. Le « petit » grandirait sous la lumière — *dehors.*

Elle fut déçue en découvrant que Ménerville était un village plat, bâti dans un vallon, à huit kilomètres de la mer : rien ne lui rappelait l'île de ses songes. Elle qui avait rêvé de hauteurs se retrouvait dans une cuvette. Seul le jardin la combla : une glycine recouvrait la tonnelle et les jasmins poussaient aussi follement que pousse le lierre dans son Ariège natale. Des iris blancs et des arums, plantés en espaliers, illuminaient le printemps.

Et puis il y avait le soleil. Trop de soleil. Et la lumière. La pluie lui manquait, parfois — et le vert.

Par esprit de conquête et peut-être par nostalgie, les Français venus de l'autre rive avaient voulu que le village ressemblât à celui où ils avaient grandi : les rues étaient droites, la place carrée avec un kiosque à musique sous un arbre. Une image d'ordre et de propreté. La grand-rue était bordée de hauts mûriers dont les fruits, en tombant, noircissaient les trottoirs. La plupart des maisons possédaient un étage, avec un balcon et une petite cour cimentée à l'entrée. Heureusement, le blanc des murs faisait oublier ces lignes sans charme. Et puis il y avait les collines, tout autour, sauvages et brûlées, couvertes d'aloès, de lentisques et de figuiers de barbarie.

La France était loin. Et, à sept ans, Louis ne l'avait toujours pas vue. Chaque matin, à l'école, il apprenait l'histoire de ce pays sans soleil, le sien.

Pourquoi aurait-il aimé la pluie ?

« Louis, quand tu penses à ton enfance, est-ce que tu entends toujours, toi aussi, les cigales dans le fond ? et il ne pleut jamais, naturellement... »

C'est sur cette phrase que mes yeux étaient tombés la première fois que j'avais ouvert le paquet de lettres données par mon père. Il s'agissait d'un post-scriptum, qui se détachait du reste, bien lisible, sous la signature d'Eugénie. Je n'avais pas été plus loin. J'ignore pourquoi. J'avais remis ma lecture à plus tard.

Les lettres de ma mère sont conservées dans leurs enveloppes, des enveloppes roses ou bleues — jamais blanches. Les cachets de la poste font foi : l'histoire s'échelonne de décembre 1946 à avril 1947. Je commence donc à les classer par ordre chronologique. J'hésite à les lire. Je revois le visage de mon père lorsqu'il me les a confiées, comme son plus précieux trésor. Cinq mois de correspondance. Seulement cinq. Cinq mois de vie qui, je l'avais lu dans son regard, dépassaient en intensité les cinquante ans qui avaient suivi. Cinq mois sans lesquels ces cinquante années n'auraient *pas* suivi. J'ai demandé à Louis où se trouvaient les réponses, *ses* réponses. Il m'a désigné le tiroir de son bureau — ce bureau où il ne s'assoit plus jamais depuis la mort d'Eugénie.

Ses lettres à lui sont pliées en quatre, sans enveloppes, toutes écrites à l'encre bleue sur du papier blanc, aujourd'hui plus ou moins jauni. Je les déplie avec précaution. Par chance, Louis les a presque toutes datées (alors qu'Eugénie se contente en général d'un imprécis « lundi » ou « dimanche » — j'ignore si c'est la raison pour laquelle Louis a gardé les enveloppes). La dernière a été envoyée le 3 juillet 1947.

Un seul hiver.

Un seul printemps.

Le papier à lettres d'Eugénie est rose ou bleu pâle, assorti aux enveloppes. Elle envoie aussi des cartes postales, de Bruxelles ou de Paris, qu'elle recouvre intégralement d'une écriture droite et serrée, beaucoup plus petite que celle des lettres. Les couleurs m'aident à classer les réponses. De tous les mois, le mois de mars fut le plus fécond.

Ensuite, j'ai ressorti une carte de l'Algérie et un vieux plan d'Alger, puisque c'est là qu'ils se sont rencontrés, ou plutôt retrouvés. Je veux pouvoir suivre leurs pas, recomposer avec le plus de précision possible tous ces jours qui ont bouleversé leurs corps et leurs esprits. Ces jours qui ont changé le cours de leurs vies.

Leurs jours de folie.

Eugénie a également envoyé à Louis une photo d'elle prise la nuit dans une rue de Bruxelles : elle porte un manteau blanc noué à la taille. Elle ne sourit pas et ses yeux paraissent démesurément grands sous la lumière du flash. Quelle heure est-il ?

Personne ne saura jamais combien de lettres se trouvaient dans la malle arrivée à Tübingen, chez Frau Gok, mère de Hölderlin, au mois de juin 1802. Le miracle, c'est plutôt qu'il en reste : trente-six lettres de Suzette Gontard, parfois tronquées. Lues, relues, traduites, interprétées, dans tous les pays, toutes les langues. Octobre 1798/ mai 1800 : vingt mois. Dans le volume de la Pléiade souligné par mon père, aucune ne porte la moindre trace de sa lecture (il est vrai qu'elles sont regroupées en appendice et que Louis n'a jamais été un fervent lecteur de notes en bas de page).

De Hölderlin, aucune lettre ne nous est parvenue : ne demeurent que des *repentirs*, des brouillons plus ou moins longs retrouvés parmi les papiers du poète. Il y a d'abord cette phrase unique, écrite au printemps 1799, premier printemps après leur séparation, brouillon d'une lettre que, peut-être, Suzette n'a jamais reçue : « J'éprouve, amour, un sentiment d'inexprimable reconnaissance en constatant que le divin printemps me procure encore de la joie… » Pourquoi s'est-il ravisé ? Qu'a-t-il vraiment écrit ce jour-là ? A-t-il seulement écrit ? C'est par un jour d'avril « bleu et limpide », qu'Hypérion s'embarquait pour Calaurée, s'en souvient-il ? Se souvient-il des mots qu'il fait écrire à Diotima dans sa première lettre : « Hiver et printemps, été et automne sont des noms sacrés, *mais nous ne les connaissons point.* N'est-ce pas un péché que d'être triste au printemps ? » Hasard ou coïncidence, mais le deuxième brouillon laissé par Hölderlin marque le début de l'été, et le troisième le début de l'automne... Aurait-il à chaque changement de saison quelque mal à trouver le bon *accord* entre le ciel et les mots ?... Quant au dernier, en novembre de la même année, il annonce à Suzette l'arrivée prochaine de son livre qui vient enfin de paraître : *Hypérion*, « fruit de nos bienheureux jours ». Sa plus longue lettre, en quelque sorte. Celle qui les résume toutes.

En tout : cinq pages, précieuses, devenues essentielles malgré elles.

C'est justement dans ce dernier brouillon qu'il implore le pardon de Suzette, le pardon d'avoir fait mourir Diotima sur son île. D'avoir enterré ses cendres au pied d'un arbre qu'il ne reverra jamais.

« Mon âme m'est à charge depuis qu'il me faut lui reprocher la mort de Diotima. » Hypérion erre d'île en île. De Paros, il se retrouve en Sicile où l'ombre d'Empédocle le fait grimper sur les pentes de l'Etna. Mais il faut sans doute plus de courage qu'il n'en a et « plus d'estime pour soi » pour se jeter dans « les flammes admirables ». *Empédocle* sera son livre à venir : le destin d'un homme amoureux de la vie et qui ose « voler sans y être appelé dans les bras de la Nature ».

Oui, comment, à la fois, ne pas quitter la vie et ne pas quitter Suzette qui, de « très loin », lui parle si souvent ?

Comment répondre à Diotima *et* répondre aux forêts, aux fleuves, aux montagnes ? Quelle solution a-t-il trouvée ? Celle de ne plus compter les jours, les mois et les années. Choisir de vivre hors du temps : accepter « d'être fait de l'étoffe des songes ».

Louis a déjà huit ans et entend chanter les cigales par la fenêtre ouverte de la salle de classe de l'école communale de garçons du village de Ménerville dirigée par monsieur Supervielle. Louis a appris comment se construisent les phrases qui servent à écrire les livres à l'origine de ses plus beaux rêves. Il apprend vite. Il aime le jeu des compléments directs et indirects et l'infinie combinaison des subordonnées de temps, de lieu et de circonstances. Louis s'amuse avec les mots et les phrases : en classe, le maître le félicite pour ses rédactions. Huit ans est le plus bel âge de la vie. Cerveau en parfait état de marche. Tout s'y imprime avec bonheur. Son *gyrus cortical antérieur* est à son activité maximum : mais qui, en ce temps-là, s'intéresse au *gyrus cortical antérieur* ? Personne n'en a jamais vu la moindre image. Or sans image, pas d'existence. En ce temps-là, on ne voit dans le système nerveux qu'un ensemble de conducteurs *électriques.*

1920. Paix retrouvée de l'autre côté de la mer. Reconstruction, rancœur, ressentiment. Attente et observation. Années folles. « Le cerveau droit observe le cerveau gauche » — phrase volée au *Journal* de Robert Musil qui est plongé, là-bas, à Vienne, au même instant, dans la lecture de *La physiologie du moi* d'un certain Karl Ludwig Schleich. Où est le *moi* ? Freud et Musil sous le même ciel. Plonger dans *soi* après la boucherie. Retrouver la singularité. « Le moi est quelque chose de persistant, de continu, mais quelque chose qui jaillit à neuf à tout moment. »

En deux ans, Louis a déjà trouvé le chemin qui mène jusqu'à la mer, en suivant la voie de chemin de fer. Il a appris à gravir les collines, à construire des cabanes dans les arbres, à jouer dans les buissons et dans les cahutes abandonnées. Dans un champ de figuiers de barbarie, sur les hauteurs, derrière l'hôpital, il a découvert un petit abri en briques creuses qu'il n'a encore montré à personne : c'est son secret, c'est là qu'il cachera ses trésors.

Louis vient d'avoir une petite sœur. D'unique, il devient aîné. L'aîné montre le bébé aux voisins. C'est la première fois qu'Eugénie pénètre dans la maison de Louis. Eugénie vient d'avoir sept ans. Elle adore les bébés, surtout les filles. Dans sa famille, c'est elle l'aînée, l'aînée de deux frères, Marcel et Numa, à peine plus jeunes qu'elle. Eugénie connaît tous les jeux de garçons. Ses parents habitent la première maison, sur la droite, quand on remonte l'allée des mûriers. La mère d'Eugénie est une femme d'intérieur, solitaire et sauvage : elle aime la bonne cuisine et l'opéra et déplore que sa fille unique n'ait pas l'oreille absolue. Eugénie préfère le cinéma. J'entends encore sa voix, quatre-vingts ans plus tard : « J'aime qu'on m'en mette plein la vue. » Dans l'école de monsieur Supervielle, sa semaine se passe à attendre la séance du dimanche, où elle se rend avec ses frères. Charlot, Laurel et Hardy, ou « Luui ». Luui, c'est Harold Lloyd, personne ne sait comment ça se prononce. À Ménerville, on l'appelle « Luui », tout simplement. Les enfants comprennent. C'est son préféré, « Luui », c'est aussi le préféré de Louis.

Premier partage, à huit ans : le rire sur le banc étroit et dur d'un cinéma de village.

Eugénie a les yeux bleus et les cheveux raides.

Je me demande si c'est un dimanche, après la séance de cinéma, que Louis a montré à Eugénie sa petite maison de briques. Eugénie était-elle avec ses frères ? Était-ce l'été ? Était-ce l'année de la naissance de la sœur cadette ? Ou plus tard ? 1922 ? 1923 ? Sans doute, il ne pleuvait pas — puisqu'il ne pleut jamais dans le souvenir d'Eugénie. J'ai seulement la certitude qu'elle l'a vue, la maison, qu'elle en a compris l'importance, qu'elle a partagé son secret. La preuve, je l'ai trouvée dans une lettre du 9 mars 1947, justement celle du post-scriptum sur le soleil et le chant des cigales. Voici ce qu'écrit ma mère : « Ne crois-tu pas que personne ne peut t'aimer autant que moi, parce que je suis la seule à avoir été dans ta petite maison de briques ? »

La *seule.*

Le 9 mars 1947 était un dimanche. Eugénie s'ennuyait à Bruxelles, elle avait froid et pensait au soleil de Ménerville. Deux jours avant, elle avait essayé un manteau de skunks, dans lequel elle se trouvait jolie — « un beau petit ours » dans sa fourrure noire, a-t-elle écrit. J'ai connu ce manteau de skunks, je m'étais toujours demandé d'où il venait. Eugénie ne parlait jamais de Bruxelles. De sa vie à Bruxelles.

Le 9 mars 1947, Eugénie a un autre secret : c'est « son coffre à la banque » : elle l'a débarrassé de toutes sortes de paperasses et elle y cache toutes les lettres de Louis. « Crois-tu que tous les enfants du monde ont des "secrets", écrit-elle à Louis, ou bien sommes-nous les seuls avec mes deux frères à en avoir jamais eu ? En tout cas, le *mot* est à nous seuls. »

Louis ne dort plus dans la chambre où est morte Eugénie. Sa nouvelle chambre se trouve juste au-dessus : elle est blanche, lumineuse, orientée au sud, contiguë à la bibliothèque. Lorsqu'il se lève, il n'a plus d'escaliers à monter pour se rendre dans la cuisine ou pour sortir dans le jardin et dans le petit bois de chênes qui domine la vallée. Son monde est un monde plat. Sans haut ni bas. Et sans chemins. Sa vie consiste à passer du dehors au dedans — sans heurt. De l'infini du paysage à celui de la bibliothèque. Il insiste pour que la porte demeure toujours ouverte, même quand il fait froid. Je lui ai demandé pourquoi. « J'aime voir le lointain » fut sa réponse. Il n'a parlé ni des arbres, ni des fleurs, de la lumière ou des nuages. Il a seulement dit « le lointain ». Il ne remarque pas plus les iris du jardin que les phrases de son livre ouvert à la même page depuis trois jours. « Loin », c'est là qu'il se rêve. C'est là qu'il rejoint sa *sienne* vie.

Sur l'un des murs de la chambre, en face de son lit en fer, est accrochée une carte de l'Algérie — une carte d'état-major sans relief ni couleur. Le nom de Ménerville est écrit en lettres minuscules. Pourtant il me l'a montré, un soir, avant de se déshabiller. Il souriait. Puis il m'a désigné un portrait suspendu au-dessus de la table de nuit. « Qui est cette femme ? » m'a-t-il demandé. Une jeune femme très blonde coiffée comme une star, la tête légèrement penchée sur la gauche, souriant au photographe. Une photo prise en 1938 (la date est inscrite au dos). Louis ne reconnaît plus cette femme. Louis ne reconnaît pas sa femme. Sa femme n'a jamais été aussi blonde. J'ai hésité avant de répondre. Mon silence l'a mis sur la voie. « Eugénie ? » a-t-il murmuré. « Est-il possible que je ne reconnaisse pas Eugénie ? — Ce que tu ne reconnais pas, c'est la *photo* d'Eugénie. — Mais c'est elle. La même, pourtant. — Non, c'est Eugénie à vingt-cinq ans, un âge où tu ne l'as jamais vue. Eugénie blonde, dans une autre vie. À Bruxelles. »

Il s'est couché, rassuré.

J'ai pensé aux transferts de mémoire, à ces expériences à la mode il y a trente ou quarante ans : on dressait des milliers de rats à accomplir une certaine tâche, puis on transférait un petit morceau de leur cerveau sur d'autres victimes qu'on appelait « naïfs », découvrant avec effroi, ou émerveillement, que ces « naïfs » avaient le souvenir de ce qu'ils n'avaient jamais appris. Quelle greffe aurait pu permettre à Louis de reconnaître ce visage ? Et pourquoi aurait-il *dû* le reconnaître ? En 1938, il ne partageait ni les jours ni la pensée d'Eugénie. En 1938, à vingt-six ans, il *attendait* Eugénie.

« Où étais-tu, à vingt-six ans ? » ai-je demandé à l'homme qui ne sait plus compter les jours. À mes questions je n'attends plus de réponses exactes. Je guette seulement l'image que mes mots feront remonter à la surface de sa mémoire.

Est vrai ce qu'il voit *aujourd'hui* et non pas ce qui fut *alors*.

« En Kabylie » me répond-il, presque sans hésiter. Instituteur dans un village perdu de Kabylie, je sais qu'il le fut, un temps, un temps très court, le temps d'apprendre à faire ces galettes plates à l'huile d'olive que les femmes du « bled » font cuire sur la braise. Pour lui, pour moi, la Kabylie, c'est la galette, la pâte qu'il pétrit, sans levain, du blé, du sel, de l'huile, et puis au four. Pendant soixante ans, il a cherché à retrouver le goût de la galette. Il achetait même du blé en grains qu'il préférait moudre lui-même, à la main, avec un vieux moulin vert. Mais il lui a toujours manqué la braise, et le ciel clair des montagnes chaudes. Il m'a appris le goût de la galette associé au mot « Kabylie ». Il en faisait presque chaque semaine, surtout l'été. Eugénie, qui pourtant régnait sur la cuisine, ne se mêlait jamais de la cuisson. La cuisson de la galette appartenait à Louis, un Louis que la jeune femme aux cheveux blonds de star n'avait jamais connu.

Quand a-t-il cuit sa dernière galette ? Jamais, avant ce soir et l'irruption du mot « Kabylie » dans la conversation, je ne m'étais posé la question. Et je crois pouvoir dire sans trop me tromper qu'il a dû cesser de pétrir en même temps qu'il cessait de parcourir les chemins.

C'est sur ce mot, Kabylie, qu'il s'endort. J'aurais aimé un nom de ville ou de village, que j'aurais pu chercher sur la carte accrochée en face de son lit. Qui pourrait m'aider ?

Qui, aujourd'hui, peut me parler de ce qui *fut*, mais qui n'est *plus* sa *sienne* vie ?

Le souvenir du passé n'est *pas* le passé.

Louis s'endort seul dans son lit en fer qui ressemble à un lit d'enfant. S'est-il aperçu que le lit où couchait Eugénie a été soulevé un beau jour par deux hommes qui l'ont emporté sans émotion ? Le lit « nuptial » a disparu, le *thalamos* des époux grecs, le « thalamus ». Plus de chambre d'amour. De toute façon, il y a longtemps que pour tout le monde le « thalamus » n'est plus qu'un morceau de cerveau, son centre, son cœur, là où sont acheminées d'après les livres, toutes les informations de nos sens, là où se fabrique autant d'oubli que de mémoire.

Hölderlin va avoir vingt-six ans lorsqu'il arrive à Francfort le vingt-huit décembre 1795 et s'installe à l'auberge *À la Ville de Mayence*. Il attend la visite de son nouvel élève, Henri Gontard, et de ses parents à la veille de la nouvelle année. Ici, tout est inconnu : les lieux, les visages, et même ses futures fonctions de précepteur. Il a passé un printemps studieux à Iéna dans un pavillon sur la colline dominant la ville et la « merveilleuse vallée de la Saale ». Rencontres avec un Schiller à la fois aimable et distant et un Goethe plutôt indifférent. Un premier « fascicule » d'*Hypérion* devrait être édité par Cotta à Tübingen. Hölderlin attend, résigné. Il attend et il écrit. Il attend et il traduit. Restituer la musique des stances du « Phaeton » d'Ovide l'« accapare totalement » et il aime cet accaparement. Il attend et il écrit à Neuffer, son ami, son frère, son confident. « C'est étrange — je n'aimerai sans doute jamais autrement qu'en rêve ; n'était-ce pas le cas jusqu'à présent ? » Car Neuffer est amoureux. Neuffer vit un « amour unique » : elle s'appelle Rosette. Neuffer est heureux. Rosette meurt. Hölderlin est anéanti. Ce qu'il y a de meilleur en nous, le cœur, n'a-t-il donc pas le droit de durer ? « Piètre consolateur », errant « à tâtons dans le monde comme un aveugle », Hölderlin est désemparé. « Oh ! ne serions-nous là que pour rêver un moment et devenir ensuite le rêve d'un autre ? » Aucun désir de quitter ce monde, pourtant.

L'élève est venu. L'élève est charmant — une « ingénuité pure et libre ». La mère a vingt-sept ans, des yeux noirs comme ses longs cheveux, le regard expressif, un teint d'une éblouissante blancheur. Suzette Gontard est une apparition. Hölderlin a peur. Il se méfie de sa tendance à « se laisser troubler par toute nouveauté ». « À chaque nouvelle connaissance, je me trompe d'une manière ou d'une autre », écrit-il à Neuffer. Laquelle de ses « charmantes et puériles illusions » va-t-il perdre cette fois encore ?

L'hiver est froid, mais les jours s'envolent. Février, déjà, et toujours cette impression de légèreté. Un leurre ? Pourtant, cette délicieuse sensation de rajeunir chaque jour… « ma nature même a perdu un peu de son poids superflu et il me semble qu'elle se meut avec plus d'aisance et de liberté ». Le poète réclame sa flûte, il veut chanter son « nouveau bonheur ». Suzette joue si bien du piano.

« Je vis sans soucis ; n'est-ce pas la vie bienheureuse des dieux ? »

Devrait-il écrire cette phrase ? Dans une heure, demain, dans un mois, sa joie ne sera-t-elle pas devenue chagrin ? « Les instants où nous trouvons en nous-mêmes quelque chose d'impérissable sont vite détruits. » Méfiance, encore, en ce mois de mars. Contentons-nous de rajeunir. Le printemps approche. La guerre aussi, on en parle de plus en plus. Sachons retenir ces jours qui s'écoulent, identiques, dans une juste harmonie. Étude, musique, poésie. Quand vient l'heure du crépuscule, avant l'arrivée du maître de maison, Frau Suzette se rend dans la chambre du nouveau précepteur qui, à haute voix, lui fait la lecture. Suzette rayonne. Herr Jakob est tout d'abord heureux d'être accueilli sans reproches, lorsqu'il s'est un peu trop attardé à son « club ». Chaque soir, soulagé, il prononce la même phrase rituelle : « Ma femme est-elle à la maison ? » et, chaque soir, de la gouvernante, il obtient la même réponse : « Herr Hölderlin lui fait la lecture. »

Les événements se précipitent — dans les cœurs et sur le front de guerre. Osera-t-il avouer sa joie ? « Le plaisir et l'amour sont les ailes qui portent aux grandes actions » écrit-il à son frère, le 2 juin, cachant son trouble sous les mots de Goethe. Les Français sont dans le Wurtemberg et l'armée impériale pourrait bien se replier dans la région de Francfort. Herr Gontard veut protéger sa famille et songe à l'envoyer vers le nord. C'est aussi le début de l'été.

Ne jamais oublier les saisons.

J'apprends dans une lettre écrite un « samedi soir très tard » (sans doute un samedi de juin 1947) que la photo d'Eugénie la nuit dans son manteau blanc noué à la taille a été prise sur un « grand boulevard encore très animé à cette heure avancée ». C'est *l'animation* d'une rue de Bruxelles après une séance de cinéma qu'Eugénie voulait faire partager à Louis. Elle est déçue. Déçue que tout soit si sombre autour d'elle, déçue de voir son manteau si blanc et ses yeux si grands.

L'année où il reçoit cette fausse image de Bruxelles, Louis habite une chambre exiguë que lui loue une vieille dame au 9 de la rue Rochambeau, dans le quartier de Bab-el-Oued, à Alger. L'adresse est inscrite d'une main ferme à l'encre bleu-noir sur toutes les enveloppes postées de Belgique ou de Paris. La dame s'appelle madame Tourneur. Madame Tourneur n'est pas une inconnue. Ni pour Louis, ni pour Eugénie. Elle aussi habitait Ménerville quand Louis apprenait à lire à l'école de monsieur Supervielle. Madame Tourneur avait un fils, Henri, qu'elle habillait en costume marin et dont elle voulait faire un bourgeois. Mais Henri préférait les voyous et s'évada, achevant sa course au comptoir des bistrots. Henri porte une cravate le jour qu'il enlève à la nuit tombée, quand sa mère dort. C'est lui qui a reconnu Eugénie lorsqu'il l'a croisée sur un trottoir, un soir de juillet 1946.

Ce soir-là, il n'y avait pas de photographe au coin de la rue pour saisir l'instant où la vie d'une femme allait être bouleversée de fond en comble.

Rares sont les lettres qui me permettent d'imaginer cet été 1946 : trois petits mots écrits à la hâte et glissés par Eugénie dans la boîte aux lettres de la rue Rochambeau. La liaison doit demeurer secrète. Eugénie est venue voir sa mère qui habite à l'autre bout de la ville. Une mère malade. Une mère malade d'une maladie dont personne ne prononce le nom. Ni Eugénie ni son frère Numa, accouru lui aussi de Paris. Numa vient de passer neuf ans dans le monde clos de l'armée et des camps de prisonniers. Toute sa jeunesse. Il a trente-trois ans. Numa a droit à des « titres de ravitaillement ». Ces « titres » sont l'unique allusion à la guerre qui vient de s'achever. La guerre, on n'en parle pas plus que de la maladie de la mère.

Mes yeux d'enfant me permettent de mettre du relief sur mon vieux plan des rues d'Alger. Rien n'est plat dans la ville blanche. De la rue Edith-Cavell au boulevard Victor-Hugo, la pente est douce qui descend vers la mer par le boulevard Camille-Saint-Saëns. Douce et longue. Eugénie a sans doute préféré dévaler les escaliers. Alger est une ville d'escaliers. Elle a sûrement descendu en courant les larges marches qui menaient, lorsque j'étais enfant, au cinéma Le Debussy. Mais en 1946 le Debussy n'existait pas. Seules les marches étaient là. Les mêmes marches. Et, en ce lundi de juillet, ma mère a rendez-vous à dix heures avec Louis à l'arrêt du tram, en face de la librairie. « *Ta* librairie », dit-elle à Louis. Je suis émue par ce possessif. Mon père a ses librairies, Eugénie a ses cinémas. Il en sera toujours ainsi.

Est-ce ce lundi-là qu'ils sont allés jusqu'à la plage de la Madrague ? Ont-ils pris l'autobus jusqu'à Guyotville ? Et puis marché jusqu'au port ? Louis a toujours aimé marcher. Six mois plus tard, dans le froid blanc de Bruxelles, Eugénie se souviendra de ces longues heures où ils sont restés assis sur « je ne sais quoi d'inconfortable ».

Il est tard. Elle noircit de son écriture ferme et régulière une de ces grandes feuilles roses qu'elle préfère plier en deux. Eugénie laisse très peu de marges sur les bords. Elle couvre de ses mots tout le rose de la page. De *son* écriture. « *Ton* écriture — je crois l'aimer autant que ce qu'elle dit. » Elle n'a pas oublié ces mots de Louis dans sa première lettre après leur séparation. Dans le froid elle se souvient de la Madrague, de ce « je ne sais quoi d'inconfortable, mais d'où je n'aurais jamais voulu bouger, moi la tête sur ton épaule, toi me parlant de Kierkegaard et de Lawrence surtout, jusqu'à ce que la nuit vienne. Je me sentais heureuse, heureuse, heureuse… »

J'ai eu le temps de connaître la Madrague, et même d'être photographiée sur le sable, l'année où Eugénie nouait deux tresses sur le sommet de mon crâne. Je n'ai pas d'autres souvenirs que ces photos. Nous n'allions jamais sur une autre plage. Ma mère ne se baignait pas. Mais elle aimait aller à la Madrague. Avec Louis, ils restaient tous deux assis sur les chaises d'un bar de fortune installé sur la plage et qui figure sur l'une des photos.

Pensait-elle encore à ce « je ne sais quoi d'inconfortable » lorsqu'elle surveillait mes premières brasses dans la mer ?

Depuis que l'été est venu, le deuxième été après la mort d'Eugénie, les doigts de Louis n'ont plus assez d'habileté pour boutonner le col de sa chemise. Ses yeux s'en étonnent. Ses yeux réclament de l'aide, sans honte. C'est ainsi. Les mêmes doigts ne font plus les mêmes gestes. Ce sont eux qui ont perdu la mémoire. Ils oublient tout. Et ils tremblent, parfois. Surtout ceux de la main droite. C'est ainsi. Cela ne change rien à la vie. À ce que fut la vie.

Pas plus que de glisser dans une boutonnière, les doigts ne sont capables de raser un visage. Du coup, Louis ne regarde plus les miroirs et ne croise plus jamais son propre regard. Les traits sont recomposés avec les restes de mémoire. Quelle figure a-t-il dans ses songes ? Quel âge ? Quelles rides ?

Louis enfonce ses mains dans ses poches. Défiant les lois de l'équilibre, il semblerait qu'il ne puisse plus marcher que les mains enfoncées dans les poches. Le corps, raide et droit, se balance légèrement avant de prendre son élan. C'est chaque fois une réelle aventure. La moindre aspérité sur le sol risque de le faire vaciller. Le cerveau de Louis a oublié que les bras servaient de balancier. Le corps avance comme il peut, à la fois rigide et décidé.

Nous sommes sortis dans le jardin et il s'est assis à la table, sous les chênes du petit bois. J'ai emporté le rasoir, de la mousse, un bol rempli d'eau et j'ai enduit ses joues de crème blanche. C'est la première fois que je le rase. Il se laisse faire, sans un mot. Il se tient très droit sur sa chaise de fer inconfortable.

Parlerait-il de la Madrague si je lui parlais du bonheur ? ou de Ménerville ? ou de la Kabylie ? La lame glisse sur la joue presque imberbe. Louis ne parle presque plus. Il n'en a plus besoin, on dirait. C'est moi seule qui voudrais savoir, avoir la clé de ce silence. Et je lui demande, au bout du compte, s'il en a une idée, lui, du bonheur, au bout de la vie.

« Des instants », me répond-il. « Des instants heureux. » J'insiste. Vite, un exemple, un lieu, une image. Rien. Rien ne surgit de l'autrefois. Louis vit au présent, je l'oubliais. Il lève les yeux et me répond : « Être rasé par sa fille. » Et il rit. La lumière filtre à travers les feuilles. Encore douce. En bas, dans la vallée, la mer de nuages ne s'est pas dissipée. « La journée sera belle » murmure-t-il. C'était la phrase d'Eugénie, rituelle, chaque fois qu'elle s'éveillait devant la blancheur de la brume condensée au-dessus de la rivière. C'était elle qui l'avait baptisée « mer de nuages ».

C'est un jour d'été. Le 3 juillet 1822. Hölderlin fait les cent pas dans sa chambre blanche. Il a chaud. Sa chemise est « trempée de sueur ». Il porte un drôle de pantalon qui « n'arrive qu'aux hanches ». Cela fait plus de quinze ans qu'il n'a pas quitté sa chambre blanche. Il reçoit aujourd'hui la visite d'un inconnu nommé Waiblinger. Ce jeune homme de moins de dix-huit ans n'était pas encore né lorsque Suzette est morte. Waiblinger rend visite à l'homme qui a écrit *Hypérion*. Sa visite est de circonstance, se dit-il, à l'heure où la Grèce se soulève, où Athènes vient même d'être reprise aux Turcs. Hypérion en avait tant rêvé. D'une Grèce rendue aux Grecs. C'est Hypérion que voudrait rencontrer Waiblinger : Hypérion le guerrier de Mistra, l'amant de Diotima, l'ermite des hauteurs de l'île de Salamine… et le voilà face à un homme de cinquante ans qui l'appelle « Votre Majesté » en gardant « les mains fourrées dans ses poches ». L'homme s'adresse à lui en français. Cet homme légèrement voûté, qui ne vit plus dans le temps et garde les mains enfoncées dans les poches.

L'homme est là, devant lui, bien vivant. « L'homme le

plus génial, le plus intelligent, la nature la plus haute et la plus riche. » Le même. Il a sorti une main de sa poche qu'il garde appuyée sur la commode. Il ne répond pas aux questions qu'on lui pose sur la Grèce enfin libérée. Aujourd'hui, il ne parle pas grec, mais français. Aujourd'hui, il reçoit avec amabilité les visiteurs inconnus. Inutile de tenter d'éveiller la mémoire. L'esprit de Hölderlin se limite au monde qu'il a sous les yeux.

Waiblinger n'ose plus regarder le visage de son hôte si cérémonieux. Par la fenêtre, il contemple la campagne verte et le Neckar qui coule au pied de la demeure. « Vous avez une bien belle vue sur la campagne. » La phrase reste un instant suspendue dans les airs. La phrase semble avoir touché les oreilles du poète. La pensée de Hölderlin rejoint enfin celle de son admirateur. « Oui, répond-il, ravi, oui, bien belle, bien belle. » Waiblinger s'en va, bouleversé de ce partage fugace. La femme du menuisier et son « aimable fille » l'accueillent au rez-de-chaussée : elles seules peuvent raconter les jours passés. Les déjà cinq mille jours passés.

« Depuis six ans, il fait les cent pas dans sa chambre, à longueur de journée, sans rien faire d'autre. Il se lève très souvent la nuit et se promène dans toute la maison... » Mais avant ? « Oui, avant ? » Quel avant ? Avant, il riait en mangeant des raisins, il se promenait avec son menuisier et, surtout, il noircissait des feuilles et des feuilles de papier, n'importe quel papier. Les papiers sont là, intacts. Plusieurs rouleaux. La famille Zimmer n'y comprend rien mais personne n'a osé jeter « toutes ces absurdités ». Waiblinger voudrait bien les voir. Quand on parvient à les déchiffrer, les papiers parlent « sans cesse de douleurs, d'Œdipe, de la Grèce ».

Le rêve n'a pas changé. Seules varient les formes du sommeil.

Si Eugénie n'avait pas eu le goût — ou la superstition — des dates anniversaires, je n'aurais jamais su qu'elle avait quitté Alger le 5 décembre 1946 sur le *Champollion.* Le 5 janvier tombe un dimanche, le jour où les villes sont tristes. Un mois, tout juste. Elle a acheté une carte postale de la Grand-Place de Bruxelles. Sans nouvelles de Louis depuis quinze jours, elle étouffe ses larmes. Il n'y a aucune raison de s'inquiéter. La Grand-Place est si belle : « Si tu la voyais, tu serais ébloui, écrit-elle, moi, la première fois, j'ai eu envie de pleurer... » Mieux vaut avouer ces larmes-là. Les larmes de beauté. Elle s'est arrangée pour faire entrer le plus de mots possible sur la carte, jusque sur l'image elle-même, dans le coin droit. La place n'est pas que belle, elle est « calme », avec seulement quelques marchands de fleurs « qui ajoutent à son charme ». Elle parle de la place, mais pense au *Champollion*, à ces dernières heures passées ensemble sur le paquebot avant le départ, si « douloureuses ». « Je n'aurais pas dû aller dîner », écrit-elle. Pudique Eugénie, toujours. Et gourmande... C'était donc le soir. Louis avait eu le droit de monter à bord. Le bateau avait-il quitté la rade en pleine nuit ?

Non, elle ne se plaint pas. De quoi se plaindrait-elle ? De vertige, peut-être. Depuis qu'elle s'est retrouvée de l'autre côté de la mer, elle ne voit rien, ne regarde rien. Brume dans le ciel. « Une brume qui ne se dissipera pas, je crois, avant la fin de l'hiver. » De quelle brume parle-t-elle ? C'est vrai, j'avais oublié, là-bas, côté sud, « il ne pleut jamais, naturellement... » C'est tous les jours l'éblouissante lumière de la Madrague. « Es-tu malheureux ? » demandait-elle à Louis dans sa première carte postale envoyée sur le sol de France, « je ne crois pas que je le sois, sauf le matin, quand je me réveille et que je découvre que je ne suis plus à Alger. »

Il y a une adresse inscrite au dos des enveloppes roses ou bleues envoyées par Eugénie : Avenue Léon-Darte, Louvain, Belgique. J'ai cherché l'avenue un jour d'été, l'année dernière. À l'Office du tourisme de la ville, on m'a dit que les noms avaient changé, que Louvain était une ville flamande, avec des noms flamands. Pourtant, sur le plan, il existait bien une rue qui portait ce nom. La rue n'avait rien d'une avenue. Je m'y suis rendue, au-delà du grand boulevard circulaire, une rue sans âme, avec des maisons de briques. Je n'ai pas eu besoin de sonner au n° 23 pour savoir que ce n'était *pas* la maison où avait vécu Eugénie. C'était trop petit, trop neuf, trop sage. J'ai quand même pris trois photos : du nom, du numéro, du petit jardin ridicule devant la baie vitrée.

Car Eugénie vit à Bruxelles. Louvain n'est qu'une adresse pour correspondance clandestine. Et elle ne vit pas seule à Bruxelles. Il y a un mari (qu'elle n'appelle jamais autrement que « l'époux » dans ses lettres) et qui ne partage plus son lit. Chacun « ses appartements ». Pièces sombres, cheminées, lourds rideaux. « Si tu venais, dit-elle à Louis, tu te demanderais comment je ne suis pas morte dans un endroit aussi sinistre et aussi laid, et comment je peux souffrir cet oiseau de proie au-dessus de ma cheminée, juste en face de mon lit, avec ses yeux braqués sur moi... Mais ce n'est pas un oiseau de proie : c'est une fleur découpée qui va se promener sur tout le plafond. C'est monstrueux. » Monstrueux et de « mauvais goût » comme cet appareil à gaz en forme de bûches qui deviennent incandescentes et d'où s'échappent de chétives flammes bleues, toujours les mêmes... C'est là qu'elle passe ses soirées, quand elle ne file pas au cinéma, elle reste assise dans son fauteuil, à rêver, des rêveries folles. « Quand je me couche, tu dois dormir depuis longtemps... » Eugénie ne vit plus dans le temps. Pas de montre, pas d'horloge. Elle se nourrit exclusivement de chocolats et d'oranges. Je n'invente rien. Et, pour l'avoir connue, je l'en sais capable.

« Oublions que le temps existe et ne comptons pas les jours de la vie.

Que sont les siècles en face de l'instant où deux êtres se devinent et s'abordent ainsi ? »

Hypérion vient d'accoster sur l'île de Calaurée. Diotima habite à quelques centaines de pas, au pied de la montagne.

Le 5 janvier, la lettre de Louis est pliée dans sa poche. Celle du 17 décembre. La seule. Elle n'a pas besoin de la relire, elle la connaît par cœur. « Je crois à la fatalité du cercle qui se referme. » Louis n'a pas peur des mots. Il ose. Il ose dire qu'il vit dans cette « intime exaltation que donne la découverte de quelque chose de beau ».

Chaque jour, partant de la rue Rochambeau, il monte les escaliers jusqu'au boulevard Gambetta où l'attendent les deux « garnements » à qui il donne des cours particuliers. Quatre heures en tout. Le reste du temps, il lit. Il lit et il fait du grec, en vue de passer un examen. Il lit surtout : « C'est par là que je pêche, je sais, et pourtant je ne puis m'en défendre. J'en arrive à me considérer, dans la préparation d'un examen, comme séparé de moi-même. » Dans *sa* librairie, il a déjà repéré le livre qu'il voudrait acheter pour l'envoyer à Eugénie : « Mon Faust » de Valéry, qui vient de paraître. Louis rêve toujours ses livres avant de les lire. « J'espère qu'il te comblera », écrit-il. Depuis, elle vit dans l'impatience, non de lire le livre, mais de le « toucher ». Elle le lui dit. Toucher ce livre aimé de lui, caressé par ses doigts.

D'Alger, elle a emporté *Un beau ténébreux*, qu'il a choisi pour elle avant de partir. Elle l'a posé sur son oreiller et a appuyé sa tête dessus, « très fort ».

Dans le registre des visiteurs de la *Gemälde Galerie* de Kassel, on peut lire à la date de « juillet 1796 » (sans précision du jour) les trois noms suivants, reliés par une accolade : « Mad. Gontard, Dem. Rezer, M. Hölderlin. »

Trois noms écrits d'une même écriture noire et appliquée, l'un au-dessous de l'autre, par un employé consciencieux. A-t-il levé les yeux sur leurs visages ? Personne ne sait qui est ce Dem. Rezer venu s'interposer, ce jour-là, entre Suzette et Friedrich, tandis qu'ils se promenaient dans le musée entre les statues grecques et les *Heures du jour* de Claude Lorrain.

À Kassel, la nature a « de la grandeur et du charme ». On y traverse de verdoyants jardins, parmi « les plus beaux d'Allemagne », l'Au-Garten ou la Pierre-Blanche. De quoi ravir le promeneur. Hölderlin « mène une vie très heureuse ». C'est ce qu'il écrit à son frère. Le précepteur est devenu « Hölder », adoré par son élève Henri. Le voyage n'en est qu'à ses débuts. Le bruit des canons français se fait de plus en plus lointain, irréel presque.

Si l'on en croit Hölderlin, le seul visiteur qui parvint à

troubler leur retraite fut Wilhelm Heinse, « célèbre auteur d'*Ardinghello et les îles bienheureuses* ». Un Grec, en somme, un homme de l'Archipel. Un homme « parfait », une « belle » image de la « sérénité dans la vieillesse » (l'homme venait de fêter ses cinquante ans, de trois ans l'aîné de Goethe). L'homme n'avait jamais dépassé l'Italie mais, comme Hölderlin à Tübingen, il s'était plongé assez longuement dans le *Voyage pittoresque de la Grèce* du comte de Choiseul-Gouffier pour recréer le paradis des îles. Entre eux, un échange de noms, une litanie sacrée... *Chio*, *Mytilène*, *Skyros*, *Paros*, *Naxos* et les montagnes de Sparte. Hölder prend Ardinghello pour un grand frère d'Hypérion, un Hypérion sans Diotima. Autant dire un touriste.

Le 9 août, famille et poète quittent la ville pour se rendre à Bad Driburg en Westphalie, en compagnie de Heinse qui tient fidèlement son journal. Aucun doute sur la date. Le voyage dura deux jours à travers de « belles régions sauvages » : montagnes « dénudées », villages « malpropres », « pauvres » et « rocailleux ». La vie est « tranquille » à Bad Driburg. Si harmonieuse qu'on se croirait en Grèce. Hölderlin peut reprendre *Hypérion*. N'a-t-il pas promis à Cotta, son éditeur, de le condenser en un seul volume ?

Reprenons.

La vie s'écoule dans les montagnes, au milieu de « forêts merveilleuses ». L'île de Calaurée se fait de plus en plus verte, pleine d'ombrages et de ruisseaux murmurants. Où sont les citronniers ? les oliviers ? Où sont les myrtes ? Suzette et Hölder se retrouvent rarement seuls. Jusqu'à ce fameux jour. Le jour où elle se pencha au bord de la

« falaise » et qu'il la « retint de ses mains ». La scène est répétée, revécue. Par Hypérion, d'abord, puis par Diotima. Le même sentier qui grimpe, la même « falaise abrupte », *die schroffe Felse*, la même balustrade au bord de la falaise, *das Geländer.*

En Grèce, il n'y a jamais de balustrade au bord des falaises. Serait-ce le comble de la déraison que de se rendre aujourd'hui à Bad Driburg dans l'espoir de retrouver un pont, une falaise et une balustrade ?

Était-ce le matin ? ou bien l'après-midi ? La vue s'étendait vers « l'Est infini », vers l'orient, vers l'Anatolie. Ανατολικώς. Diotima s'avançait prudemment, sondant « l'effrayante profondeur du gouffre ». On aurait dit qu'elle y prenait plaisir (c'était du moins l'impression d'Hypérion). Leurs regards semblaient se perdre dans « les ténèbres des forêts ». Le jeune homme demeurait en arrière. Suzette s'est approchée du « balcon » ou du « parapet » (c'est ainsi qu'est traduit *Geländer* dans le récit d'Hypérion, deux mots différents pour la même scène). Suzette n'a pas le vertige, mais Hölder s'avance d'un pas, il veut la retenir de tomber, il s'y sent « autorisé ». La prend-il par les épaules ? ou par la taille ? Ses mains brûlent « comme charbons » lorsqu'il la touche, tout son corps est soudain parcouru par un « frisson de volupté ». Ont-ils parlé ? Ils plongent leurs yeux dans « le gouffre et dans l'étendue ».

Plus rien ne sera comme avant.

Il y aura plus tard ce jour d'orage : Hypérion et Diotima seuls sur un pont au-dessus de la rivière découvrant, sous leurs pieds, une eau rapide, brusquement devenue « rouge », tandis que la forêt « verdoyait calmement »...

Et puis il y aura cet autre jour, dans le jardin, à l'aube, à l'heure où seule la cime des arbres joue avec les rayons du soleil. Suzette est alors apparue. Et puis plus rien. Le souvenir s'arrête. « Il y a ici une lacune dans mon existence. Je mourus. Comme je m'éveillais, je tenais la jeune fille entre mes bras. »

Hypérion vit le rêve de Hölderlin, tandis que Hölder compose des poèmes. Ils s'appellent tous *À Diotima.*

« Tout, au près et au loin, se perd dans une confusion joyeuse... » ... la montagne, et les chalets, et les rochers, et les collines qui l'entourent, et la « vallée embrumée », et le jardin sous nos yeux...

Quand on comprit avec le temps, longtemps, très longtemps, deux mille ans, et même quelques siècles de plus, qu'Homère et quelques autres s'étaient trompés, que le *cœur* n'expliquait pas l'âme, ni les humeurs, qu'il fallait compter avec cet étrange morceau de chair (mais pouvait-on l'appeler chair ?) caché dans le crâne, on chercha le *révélateur.* Avec acharnement. On découpa, on pesa, soupesa, on fit bouillir cette flasque matière, on la teinta, on la plongea dans l'encre, dans le noir, *reazione nera*, on observa, on se disputa la vérité. Mais l'amas demeurait confus. Jusqu'au jour où… par « distraction » ou intuition géniale, un morceau de tissu nerveux se retrouva plongé dans du nitrate d'argent. C'était entre deux guerres, comme d'habitude, entre celle de 1870 et l'autre, la Grande. Soudain, devant les yeux ébahis, ces morceaux de cervelle sectionnés, déshydratés et finement découpés, devinrent parfaitement « translucides ». *Lisibles.* De vrais « dessins à l'encre de chine sur papier transparent du Japon ». L'œil fut surpris, « déconcerté » : là, tout était « *simple, clair, sans confusion* ».

Il ne restait plus qu'à nommer.

Ce qui fut fait. Et avec les noms, le paysage se transforma, s'agrandit, s'affina. La « cervelle » perdit beaucoup de terrain. La « matière grise » aussi. La machine se compliqua. Se poétisa. Transformer une masse « corticale » en milliards de neurones *singuliers* jouant avec des dizaines de milliers de « contacts synaptiques » ne laisserait plus jamais l'imagination au repos. Plus les microscopes grossissaient et plus se faisait évidente la fragilité de l'édifice. Il y avait sans doute encore plus petit que les synapses, plus invisible, plus impalpable, plus incontrôlable. Les « protéines ». L'*œil nu* était vaincu depuis longtemps, et même le rêve. Les protéines recevaient des noms : celle des synapses fut baptisée *syncam*...

Ainsi donc, si Louis ne pouvait plus se raser, c'était peut-être seulement faute de *syncams*... Tout le reste était en état de marche. Pourquoi se plaindre ?

Le jour où j'ai décidé d'aller voir l'avenue Léon-Darte, j'ai appelé Louis de Bruxelles, avant de prendre le train pour Louvain. Je me trouvais presque en face de l'hôtel du Grand Miroir, rue de la Montagne. En composant le numéro, je me réjouissais déjà d'annoncer à mon père que je faisais les cent pas devant l'hôtel où Baudelaire avait vécu. Il était sûrement passé devant avec Eugénie cinquante ans plus tôt. C'était un jour de juin, peut-être le premier jour de l'été. Le soleil brillait jusqu'au grand nord. Tout comme « Ménerville » ou « Kabylie », « Bruxelles » faisait partie de ces noms magiques qui projetaient du rire dans ses yeux. Mais ce jour-là, le regard resta fixe. Ça s'entendait. Les lèvres articulèrent une phrase. La phrase avait du sens : « Je ne sais pas ce qui m'arrive. » Ce que disait la phrase correspondait aux yeux que j'imaginais. J'ai arrêté de marcher. Je n'ai pas osé lui parler de Baudelaire. Après tout, c'était là que le poète avait été terrassé par une attaque. Levant les yeux vers le Grand Miroir, j'ai pensé qu'il valait mieux me taire. Baudelaire avait surtout souffert à cet endroit. La voix de Louis paraissait normale. Je savais qu'il était inutile de lui demander depuis combien de temps ses yeux étaient incapables de rire, s'il avait pris son petit déjeuner ou s'il était allé se promener dans le bois. « Je ne sais pas » était décidément la phrase la plus sensée qu'il pût me dire. Je n'avais plus qu'à appeler au secours.

On me demanda si son comportement demeurait « adapté », si son discours restait « cohérent ». Quand je dis oui, le diagnostic tomba, sans équivoque : « ictus amnésique ». Le nom, en effet, ressemblait à la chose. Je tremblais qu'à son réveil aucun mot ne soit plus jamais capable de lui mettre du sourire dans les yeux. On m'assura que non. C'était comme un spasme, en quelque sorte, une compression momentanée d'un circuit. Les souvenirs trouveraient peut-être un autre chemin, ou bien le chemin se réparerait de lui-même. Comme par enchantement — croyaient-ils donc encore à l'enchantement ? Ce qu'il oublierait à jamais, m'assura-t-on, serait cet instant d'absence, ces paroles qu'il avait prononcées et qui étaient parvenues jusqu'à moi dans le soleil de midi, à Bruxelles, devant l'hôtel où Baudelaire, qui ne pouvait déjà plus écrire, avait dicté ses dernières lettres.

J'ai recherché ces fameuses lettres : la première, adressée à sa mère, fut dictée au médecin — c'était le premier jour du printemps 1866. Il lui disait qu'il irait mieux le lendemain, ou le surlendemain, enfin, très vite, qu'elle ne devait pas « *se monter la tête* ». L'expression me frappa plus que d'habitude. *Ne pas se monter la tête.*

Reprendre ses esprits.

Le premier train pour Louvain partait une demi-heure plus tard. Je suis montée dedans. La ville semblait avoir été victime d'un ictus amnésique, elle aussi, tant mes difficultés pour trouver l'avenue Léon-Darte furent grandes. J'avais dans ma poche une lettre d'Eugénie dans laquelle elle décrivait l'intérieur de la maison de son « amie de Louvain » : trois chaises rococo dans un décor moderne. Des fleurs artificielles sous des globes de verre. Des fauteuils à volants. La chaleur était écrasante lorsque je suis arrivée devant le n° 23. Après tout, la maison était peut-être celle où avait dormi ma mère, un soir de janvier 1947, un jeudi soir, parce qu'elle avait raté le dernier tramway pour rentrer à Bruxelles.

C'est en 1924 que Louis quitta le paradis. L'instituteur était satisfait : son élève venait d'être reçu premier au certificat d'études primaires. Le village de Ménerville était fier. L'élève allait entrer au Grand Lycée d'Alger. On remplirait son cerveau de langues mortes, afin qu'elles ne soient pas oubliées. L'élève Louis se passionna pour le grec et pour le latin. Les ablatifs enchantaient ses neurones. La lecture de l'alphabet lui permettrait peut-être de traduire à Émilienne la légende des deux cartes postales de Corfou. Il allait enfin revoir le port où il se promenait, tout enfant, les yeux fixés vers le grand large à la recherche de l'île lointaine où Ferdinand faisait la guerre. Les jours et les semaines ne se découperaient plus de la même manière. La correspondance prendrait une plus grande place dans sa vie. Il lui faudrait passer les trois longs mois d'automne cloîtré dans son internat avant de pouvoir retrouver sa cabane au milieu des lentisques et des figuiers de barbarie.

Et l'hiver arriva.

Ce même hiver 1924 où Rilke se promenait, par une journée froide et claire sur les bords de la Seine, non loin du pont Henri-IV. Ce matin-là, il était allé chez le coiffeur et avait rencontré en chemin le philosophe Carl Jacob Burckhardt. Ensemble, ils avaient marché jusque chez monsieur Augustin, un bouquiniste du quartier, qui traitait le poète en ami. Le temps ne comptait pas. Au milieu des livres aimés, quand sonna midi, on avait dressé la table (menu : poulet de Bresse et champagne non champagnisé), puis on avait parlé de poésie : partant de Ronsard, on était passé à Racine, à Shakespeare et à La Fontaine… « Le plus français », avait affirmé Rilke. Mais un lecteur inconnu s'était interposé dans la conversation : « D'où jugeons-nous ? avait-il demandé en se parlant comme à lui-même, Hölderlin est-il le plus allemand, lui dont les écrits semblent venir de l'au-delà ?… »

À l'automne, Hypérion avait quitté l'île de Calaurée pour aller se battre contre les Turcs. Il ne reverrait plus Diotima.

Longtemps, il penserait aux roses et aux derniers raisins qu'elle avait cueillis dans son jardin le jour de son départ.

À l'automne 1796, au retour de Bad Driburg, Hölderlin ne veut plus bouger et ne tient plus du tout à « parler des misères politiques ». L'esprit est moins « révolutionnaire » et le corps « se porte bien ». En silence. L'homme enfin devenu jeune savoure encore les bienfaits de cette « eau minérale exquise, fortifiante et dépurative » que l'on buvait à la source. Le monde semble tout à coup plus léger et il rêve, avec Hegel, d'écrire un livre « *non érudit* ». Madame Gok, sa mère, ne reconnaît plus ce fils qui ne se plaint plus. Le cœur déborde de jeunesse et de « joies ». Et « *profondes* » sont ses raisons de ne pas vouloir se rapprocher de Nürtingen. Profondes et secrètes. Francfort est le lieu du bonheur. Le lieu d'une « amitié sacrée, joyeuse, éternelle » dont il n'ose parler à personne. En a-t-il seulement « le droit » ? Le droit de mentionner cet être « égaré dans le monde » qui lui apprend le « sens de la beauté » ? À son frère, il annonce la parution de son « nouvel » *Hypérion* en un seul volume pour les premiers jours du printemps. Le livre est « une partie de lui-même ». Voilà, c'est dit. Karl saura-t-il lire entre les lignes ? Lire son exaltation autant que ses hésitations. Que pourrait-il offrir à Diotima ? Que peut-il offrir à Suzette, sinon une « âme pleine de contradictions exaspérées » ?

L'hiver touche presque à sa fin. Comme un enfant, il se laisse aller à « cette belle paix joyeuse ». Apprivoiser des nouveaux mots. Plaisir, jeunesse, paresse. « J'écris peu et ne philosophe presque plus », avoue-t-il à Neuffer. L'explication ? En un seul mot — qui les résume tous : « Elle est belle comme un ange. » Pas de nom, naturellement. Elle. Elle : « Majesté et tendresse, gaieté et gravité. » Il écrit peu, mais ses vers ont davantage « de vie et de forme ». Ne pas céder à l'impatience. Bonne nuit ! Nous sommes le 16 février 1797.

Février n'est-il pas déjà l'annonce du printemps ?

Pourquoi la vie devrait-elle changer ?

Vingt-six années ont passé. Pour la quatrième fois, le jeune Waiblinger rend visite à « Monsieur le Bibliothécaire » dans sa tour, puisque c'est ainsi qu'il aime à s'entendre appelé. Le menuisier l'a informé que depuis le début du printemps le poète est plongé dans son propre livre, dans son *Hypérion* et ne lui adresse plus que des paroles insensées. Il se lève dès trois heures et demie et se promène dans l'enceinte du jardin jusqu'à midi. Ce si petit jardin. Cet enclos. Il peut passer des heures à arracher de l'herbe. Répéter ce même geste. Ses mains sont noires et ont l'odeur de la terre.

Hölderlin n'a pas besoin de sortir pour être *loin*.

« Plus volontiers que nulle part ailleurs, j'ai vécu sur les rives de l'Ionie et de l'Attique et dans les belles îles de l'Archipel… », c'était il y a trente ans, avant de rencontrer Suzette.

Mais Waiblinger a décidé de l'emmener en promenade jusqu'à la petite maison qu'il loue sur l'Österberg. Le 9 juin 1823 au matin, il se présente chez Zimmer. Le poète, encore couché, refuse toute invitation. Mais Waiblinger insiste. Il fait si beau. Ce serait un crime de ne pas honorer la douceur des derniers jours de sa saison préférée. « Plus je vieillis, plus je deviens enfant à l'arrivée du printemps », avait-il confié à sa sœur à la fin de l'hiver le plus heureux de toute sa vie, il y a tout juste vingt-six ans — c'était alors son âge : vingt-six ans, presque vingt-sept. C'était le temps qu'il avait passé sur cette terre, sans jamais sortir d'Allemagne.

Quel mot magique fut prononcé par le fils du menuisier pour que le poète, tout à coup, accepte de suivre ce presque inconnu qu'il appelle « Votre Grâce » ? Hölderlin a enfoncé son chapeau sur sa tête, presque jusqu'aux yeux, comme il en a l'habitude et, ensemble, ils se sont dirigés vers l'est en longeant la rive droite du Neckar. Ανατολικώς. Österberg. La montagne de l'Est. Ils ont marché vers l'orient, comme avec Diotima sur le chemin de Calaurée. De sa bouche ne semblaient sortir que des paroles incompréhensibles, jusqu'à ce que le jeune homme lui demande : « Quel âge avez-vous, M. le Bibliothécaire ? » Alors, au milieu d'un déluge de mots français, Hölderlin a répondu : « Je ne sais plus, Votre Grâce. » Le double de l'âge que j'avais lorsque je me promenais à Kassel avec Suzette, c'est peut-être cela qu'il a dit, dans le déluge.

Waiblinger lui bourra une pipe que le poète se mit aussitôt à fumer. Fumer le rendait de bonne humeur. Il ne semblait pas étonné d'être là, dans cette maison étrangère. Au-dessus du bureau du jeune homme était gravée en lettres majuscules l'inscription panthéiste « L'Un et le Tout » et, il monologua interminablement sans quitter des yeux ces mots énigmatiques. Puis, tout naturellement, il s'installa au pupitre pour écrire un poème. Cinq vers seulement qu'il intitula « Le Printemps ». Longtemps, il regarda par la fenêtre : la vue était différente de celle qu'il contemplait chaque jour. « Ce que vous avez là est d'une beauté remarquable, » se contenta-t-il de dire. Il ne parlait plus grec, ni français. Il était *ici*, enfin.

Il semble que l'hiver 1947 fut particulièrement froid, au nord. Eugénie ne s'était pas trompée. Le ciel reste bas. Elle a glissé « Mon Faust » sous son oreiller. Elle ne lit pas. « Lire m'empêche de penser à toi. » Elle attend la nuit pour sortir, pour aller seule au cinéma. Ce mardi, on joue *Le portrait de Dorian Gray*. C'est un cinéma permanent. Elle voit le film deux fois et demie. « Le plus dur, ce fut d'avaler les *Actualités* et un documentaire sur l'Iran, genre cartes postales. Il est plus de minuit quand elle sort. Il a neigé. Ses pieds gèlent à l'arrêt du tram — le dernier tram. Les vitres sont couvertes de givre. Eugénie rêve. Elle ne voit rien. Elle oublie de compter les arrêts. La ville disparaît sous la neige. La neige et la nuit, la nuit et le givre. Elle se réveille au terminus, « presque dans la campagne ». Elle n'a pas peur. Elle est seule à marcher dans la nuit, dans les rues désertes. Au début, elle se sent comme grisée par ce silence, par cette obscurité. Elle presse le pas. Personne au monde ne peut imaginer où elle se trouve. Personne ne viendrait la chercher là si jamais il lui arrivait quelque chose. Elle ne pense déjà plus au film. « Je ne sais plus quelles étaient mes pensées. »

Étrangement, plus elle se rapproche de « sa » rue et plus la situation lui paraît irréelle. Le portail de « sa » maison est coincé par la neige. Elle doit lutter pour l'ouvrir. Elle a envie de pleurer. Son corps est là, dans le froid, qui cherche un abri. Louis doit dormir à cette heure-ci dans la petite chambre de la rue Rochambeau. « L'idée que tu vives dans ce climat glacial m'est insupportable. Je ne puis te séparer de la lumière. » Louis a raison. Que fait-elle ici ? Est-elle ici, seulement ?

C'était hier, avant-hier peut-être, ou la semaine dernière, Louis se trouvait en haut des escaliers Gambetta, ceux qui prennent appui sur les fossés des anciens remparts turcs et dominent le port, en contrebas. La lettre est du 14 janvier. Pas un nuage dans le ciel, « une mer calme d'un bleu si chaud », un air tiède. Dans le port s'éloigne le Courrier de France, piquant droit vers l'autre continent. Ce bateau qui emporte toutes les lettres. Toutes ses lettres.

Louis n'a pas pu s'empêcher de lire « Mon Faust » avant de l'expédier à Eugénie. Le texte l'a « porté au comble de la jouissance ». Ce sont ses mots. Cinquante ans plus tard, je cherche le livre dans la maison au bord de la Dordogne. Louis a toujours aimé ranger sa bibliothèque. Un livre à sa juste place est déjà à moitié lu, avait-il coutume de dire. Valéry se trouve sur une étagère du couloir, à côté de Gide, de Camus et de Proust. Tous achetés à leur heure, en leur temps. L'achevé d'imprimer date du 30 avril 1946. Je touche ce livre qui a longtemps dormi sous l'oreiller de ma mère dans sa sinistre maison de Bruxelles que je ne connaîtrai jamais. Le livre est de couleur ivoire dans une belle édition reliée d'après une maquette de Paul Bonet. Il porte le numéro 595, sur les mille quarante exemplaires édités. Ce n'était pas dans les habitudes de mon père d'acheter des éditions rares. Est-ce la raison pour laquelle le livre ne fut jamais perdu ? Est-ce grâce à sa reliure cartonnée qu'il a suivi Eugénie dans ses voyages avant de trouver sa juste place ?

Le papier est jauni, cassant, le livre s'ouvre tout seul à la page 135, et les yeux se posent, en bas, sur le monologue de Lust, « la demoiselle de cristal », ils se posent sur le mot « livre ». « Un livre… Un livre pour ne pas penser… Un livre entre mon âme et moi… Mais quel livre, mon cœur, quel livre, cette nuit, pourrait donc me séduire à quelque autre vie que la mienne ? »

Eugénie a réussi à ouvrir le portail. Elle s'est couchée dans son lit froid. Elle entend la voix de Méphistophélès : « Vous cherchiez un livre, chère Demoiselle, qui n'avez aucune envie de lire… Vous avez bien raison. Tant d'autres choses peuvent se rêver… » Des rêves idiots, des rêves si simples. Eugénie est une enfant, ce soir, elle écrit sur son papier rose, l'écriture est encore plus petite que d'habitude, plus serrée : « Sais-tu à quoi j'ai rêvé très longtemps ? Que nous pourrions nous voir pour Pâques : nous ferions la moitié du chemin chacun et nous nous rencontrerions quelque part, dans le midi de la France, dans un de ces petits villages perdus dans la campagne dont les habitants ne savent pas qu'il y a eu la guerre et les restrictions, juste assez grand pour qu'il y ait une auberge, une vraie, inconnue des syndicats d'initiative, bien confortable et bien… bon marché. Ça existe. »

À Alger, les jours se ressemblent, comme le ciel bleu sur la mer : le café *Chez le Toulousain*, les cours, la marche vers la maison en decendant les escaliers Gambetta. Et la vue, les jeux en rouge et blanc des terrasses vers le port. Louis ne parle plus à personne.

« Devenir silencieux, est-ce mourir ? » Nous sommes le 11 février.

Il se sent pourtant si vivant.

Je ne m'en suis pas aperçue tout de suite. Que les mots se faisaient plus rares, de plus en plus rares. Peut-être parce que le regard me semblait chaque fois plus intense. Louis et Eugénie se parlaient peu, les dernières années. L'amour aime le silence, disait mon père. Je me concentrais donc sur les yeux. Les yeux si vivants.

« *Vivant* » : voilà ce que notait Tolstoï, juste après la date, dans son « Journal secret », à partir du printemps 1909. Il n'a plus que six saisons à vivre. Avec ce simple mot, « Vivant », ou encore ce plus mystérieux « S.S.V. » (« Si je suis vivant »), il inscrit son passage en ce lieu, en ce temps. Une fois pour toutes.

Louis n'a jamais tenu de journal. Ses carnets (car il achetait des carnets, ou le plus souvent des cahiers, de simples cahiers d'écoliers) n'étaient remplis que de titres de livres ou de citations recopiées. Ainsi se constituait dans les tiroirs de son bureau une bibliothèque de poche, à côté de la « grande », sur les murs, offrant son dos.

Sur le canapé du salon, les livres sont restés à la même place. *L'Homme et son Ange* est toujours sur le dessus de la pile, à jamais fermé. Louis ne fait même plus semblant de lire. Assis légèrement de biais, jambes allongées, il regarde pendant des heures cette portion de paysage qu'il appelle « le lointain ». À l'approche de l'hiver, quand le lointain est devenu trop froid, la vieille porte cloutée en chêne massif a été remplacée par une porte vitrée. Louis n'a pas changé de position.

Ne plus lire et puis, ne plus parler. Regarder.

Mais que regarde-t-il, celui qui jamais ne parle de ce qu'il voit ? *Infans*. Ses yeux s'étonnent seulement. Ce paysage, de l'autre côté de la vitre, il me semble parfois que Louis ne le *reconnaît* pas, qu'il n'est là que pour l'entraîner ailleurs, en secret.

Les visites des amis se font de plus en plus rares. Louis ne met plus de nom sur les visages. Il se souvient, pourtant. Ensemble, on évoque des repas mémorables, des parties de tennis, des voyages. « J'oublie les noms, mais mon cœur enregistre » dit mon père.

En 1799 Kant, alors âgé de soixante-quinze ans, déclara à ses amis réunis autour de la table de la salle à manger : « Je suis vieux, affaibli, et tombé en enfance. Il faut me traiter en enfant. » L'enfant vécut encore cinq ans. Ayant perdu la mesure du temps, il connut enfin l'impatience. Lorsqu'il souhaitait boire un café, le soir après son dîner, il exigeait qu'on le serve « sur-le-champ ». Chaque minute comptait pour une heure et le vieil homme s'emportait :

« *On va* ! Mais voilà le point, c'est qu'*on va* !... On n'a jamais le bonheur, on va l'avoir ! »

Quand arriva son dernier printemps (1803), le philosophe dont les promenades s'étaient toujours bornées à quelques pas dans « le jardin royal » fut saisi du brusque désir d'entreprendre un vrai voyage. La destination lui était indifférente. « N'importe où, pourvu que ce soit loin ! » demanda-t-il à son bon serviteur. « De la distance, de la distance ! »

Son valet choisit de le conduire jusqu'à son charmant cottage à la sortie de la ville. La vue y était splendide sur une vallée « silencieuse et solitaire » où courait un torrent coupé par une chute. Mais à peine installé en voiture, le voyageur s'écria : « Ce ne sera donc jamais fini ? »

Jamais fini... Tout est loin quand les heures s'étirent. C'est la durée qui mesure la longueur du chemin. Sans le temps, plus de distances.

Demeurent les saisons. Leur vie. Leur lumière nouvelle. L'arrivée des oiseaux. Chaque printemps, le philosophe attend son rouge-gorge, celui qui a chanté, année après année, dans son jardin devant sa fenêtre, le même, du moins aime-t-il à le croire, c'est peut-être un vulgaire moineau, un de ceux qui a fait son nid au-dessus de son cabinet de travail, peu importe, c'est *son* oiseau. Il est anxieux quand le froid se prolonge. Il le guette. Impatient. La vie retrouve un sens. Le printemps ne l'a jamais trahi. Cette fois, il est seulement un peu plus en retard, et l'homme un peu plus enfantin.

Peut-être reverra-t-il aussi *son* hirondelle, la sienne, ou bien une autre, une qui ressemblerait à celle qu'il avait tenue un jour entre ses mains : il l'avait regardée longuement, racontait-il avec un « profond ravissement » et, dans ses yeux, il avait eu l'impression « de voir le ciel ».

En avril 1797, Herr Gontard a loué une maison de campagne au nord de Francfort pour honorer la nouvelle saison. Une maison « parfaite, en pleine verdure, au milieu d'un jardin entouré de prés, de châtaigniers, de peupliers, de riches vergers ». Suzette et les enfants vont s'y installer avec Hölder. Le domaine est vaste : vingt ans plus tôt, il a été peint à la gouache par un certain J. G. Meyer. L'image est fidèlement reproduite, en noir et blanc, sur le mauvais papier d'un livre de poche. Elle me suffit. Deux grandes bâtisses avec des portes-fenêtres donnant directement sur le jardin, six peupliers en alignement. Une haie trop bien taillée. Au premier plan, les silhouettes de deux hommes.

« La vue sur les montagnes est splendide », écrit Hölderlin à sa sœur, dont il envie l'existence « humaine et tranquille ». Des « détails », lui réclame-t-il, « plus il y en aura, mieux ça vaudra », des détails sur la vie ménagère, sur les enfants, sur le passage du temps. « Les généralités sont bonnes pour les manuels scolaires. » Lui-même reste discret, pourtant. L'allégresse se devine entre les lignes. « Plus je vieillis, plus je deviens enfant à l'arrivée du printemps. Je veux encore me réjouir de toutes les forces de mon cœur. »

Le premier volume d'*Hypérion* est enfin paru à Tübingen : Diotima n'y meurt pas encore. On attend l'automne. Devant les « décombres » d'Athènes, les amants reconstruisent le monde. Malgré « la tyrannie qui les opprime », les Grecs et les Albanais continuent à danser dans les ruines et à se raconter les contes du passé. La vie ne s'arrête jamais. « Tu iras en Italie, dit Diotima, en Allemagne et en France. » Hypérion le libérateur. Sur la mer qui les ramène à Calaurée, la décision du départ est prise. Reste à jouir du dernier répit, de ce bienheureux temps suspendu entre la décision et l'acte, de ce « repos avant la victoire ».

Dans la demeure d'Adlersflicht (puisque c'est ainsi qu'elle se nomme), les jours s'écoulent, identiques : leçons, lectures, promenades, correspondance. « Frau Gontard passe toute la matinée avec Hölderlin, là-haut, sous la tonnelle du jardin », confie Marie la gouvernante. Marie jalouse ?

Oui, la vue sur la montagne est splendide. Au-delà des « cimes fleuries du verger », commence l'ombre de la forêt. Hölderlin voudrait être chêne, Hölderlin voudrait être oiseau : à Schiller, il envoie deux poèmes, qu'il espère voir publiés dans l'*Almanach des Muses*, « *Eichenbaüme* » et « *An den Äther* ». Hommage à la vue de la tonnelle, qu'il partage avec Diotima : il tiendra même à ce que cet hymne à l'Éther soit signé d'un simple D majuscule. Comprenne qui pourra. Comprenne qui voudra.

Sur le bureau, le poème « À Diotima » se recompose chaque jour. C'est « le seul plaisir que je m'accorde » avoue-t-il à Neuffer. « Jeter quelques lignes sur le papier. » L'été est venu, le deuxième. Cette année, pas de guerre, ni de voyage. Pas de Kassel ni de Bad Driburg. La même vue, jour après jour : « la vallée embrumée avec ses moissons et ses fleurs », et le jardin, et le verger, tout, oui, « tout, au près et au loin, se perd dans une confusion joyeuse ».

Il arrive même aux nuits d'être magiques.

« Le ciel et l'air me font l'effet d'une berceuse et l'on préfère alors se taire. »

Aux premiers jours de l'automne, Suzette va le laisser seul avec son élève afin d'assister à la grande foire de la ville. « La saison la plus proche de mon cœur », prétend-il : ce vert « mourant », cette « belle lumière », ces fruits qui brillent à travers les arbres, ces brouillards, ces nuages, mais aussi « la plus grande pureté des nuits étoilées ». Sensation de « calme et de tendresse ».

Ne pas aller plus loin. Demeurer seulement.

Sentirait-il une menace ?

Cela fait la dixième fois depuis ce matin que Louis attache et détache la boucle de sa ceinture. Chaque fois avec la même concentration, la même détermination. Comme si c'était la dernière. Voilà, je suis prêt. Allons-y. Levant les yeux, il reste cloué sur place.

À quoi bon.

À quoi bon faire ces quelques pas jusqu'au banc du jardin ? Il ne veut plus faire semblant de se rapprocher du lointain. Un lointain tourné vers l'ouest. Mais peu importe maintenant. Le cerveau de Louis a oublié les points cardinaux. De même qu'il a oublié le nom de la rivière qui coule au pied de la falaise. Et à quoi bon voir couler une rivière sans nom. Le corps de Louis apprend à vivre avec un cerveau qui a perdu les noms. Le monde devient un autre monde. Les yeux, devant le paysage, ne se posent plus aux mêmes endroits. Les villages sans nom ne sont que des maisons collées les unes aux autres. Dans ce cas-là, le ciel suffit. Le même ciel. Celui d'ici, ou celui de là-bas. Le ciel de Guyenne ou de Kabylie. Le même.

Désormais le lointain suit les méandres de ses rêves. Je m'en doutais depuis longtemps.

« Elle est belle, la Kabylie, vue d'ici. » Voilà ce qu'il vient de me dire, les yeux fixés sur la porte vitrée. Je regarde la Kabylie : de petits cumulus pommelés — ceux qu'on appelle nuages de beau temps. Il fait tellement plus chaud en Kabylie. Je me demande si son corps le sent, ou bien s'il parle de Kabylie *parce qu'*il a chaud, ou s'il en parle *pour* avoir chaud.

J'ai retrouvé dans de vieux papiers le nom des deux villages où l'instituteur Louis de Robert mangeait de la galette à l'huile d'olive cuite sur les braises d'un feu de bois : Zemmoura et Sidi Brahim. Pas la moindre photo dans mon Guide bleu de 1950. Cette « petite Kabylie » serait constituée par le massif des Babors. C'est à mon tour d'apprendre les noms, de tenter de les retenir. J'invente des formes et des couleurs : 2 000 mètres d'altitude, de magnifiques forêts de sapins, des chênes-lièges, un site d'une « grandeur sauvage et lugubre » : roches noirâtres, profonds défilés, oued Chebba coulant entre les Portes de Fer, de petits villages kabyles s'étageant sur les flancs des massifs.

Louis a trente ans. Quand le soleil se couche derrière la montagne, presque toujours à la même heure, été comme hiver, pense-t-il parfois à Ménerville ? À sa cabane sur la colline de Ménerville ? Il y a dix ans, il avait voulu voir la France et avait traversé la mer : il en avait ramené une femme venue de l'orient de l'Europe.

Et aujourd'hui, quand il regarde à travers la porte vitrée les nuages blancs de la petite Kabylie, le visage de cette femme apparaît-il dans ses songes ? de cette femme et de ses enfants ? cette femme, morte aujourd'hui, et qu'il n'a pas revue pendant près de cinquante ans ?

Voilà que de nouveau son cerveau ordonne à Louis de se lever pour attacher sa ceinture. Je saisis cet instant pour montrer à mon père la forme des nuages dans le ciel avec l'espoir de détourner son attention. La méthode semble efficace. Brusquement, d'un pas vif et léger, il se dirige vers la porte, comme si la journée commençait. Comme si, cette fois, il savait vraiment où il allait. Je l'accompagne.

Il y a deux siècles, à Königsberg, Kant vivait ses dernières saisons. Si l'on en croit son secrétaire, un dénommé Wasianski, il passait son temps à détacher et à rattacher son foulard ainsi que la ceinture qu'il portait à sa robe de chambre. Ainsi, du matin à la nuit il poursuivait sans relâche ce labeur de Sisyphe : « faire et défaire, s'irriter de ne pouvoir agir, s'irriter d'avoir agi. »

En traversant le petit bois pour nous avancer jusqu'au banc, je n'ose demander à Louis le nom de ce lointain vers lequel il s'approche. Qu'importe, puisqu'il est délivré.

Au cœur de l'hiver blanc de Bruxelles, Eugénie rêve. Elle rêve de jour comme de nuit. « Il n'y a aucune raison de croire que, dans l'état de veille, l'esprit suive d'autres lois que dans le sommeil » écrivait Kant dans un *Essai sur les maladies de la tête*. C'était avant de perdre patience.

C'est un rêve de nuit que raconte Eugénie dans sa lettre du dimanche 9 février 1947, du moins le croit-elle. Car il ne se passe pas grand-chose dans ce rêve — comme ces rêveries vagues du matin, entre veille et sommeil. La scène se situe dans « une espèce de Hall grouillant de monde ». Sans doute un hall de gare, côté nord de la Méditerranée. Eugénie attend Louis, émue. Mais Louis ne ressemble pas à Louis : il porte un béret basque, un manteau ceinturé avec de grandes poches à soufflets. Il est froid, distant, « *décevant* ». Elle ne commente pas sa *déception*. Ensemble, ils sortent de ce hall. Mais le décor n'est pas celui qu'elle attendait : Louis n'a pas quitté la rive sud de la Méditerranée et ils marchent dans une rue d'Alger d'où l'on aperçoit un coin du port : « sans doute ce coin que tu vois et dont tu me parles tant, du haut des escaliers Gambetta », cette vue qui le rend si heureux, cette lumière sur le bleu, mais Eugénie se moque des reflets du soleil sur la mer. Ce qu'elle voudrait, c'est justement supprimer cette mer qui les sépare. Ce n'est pas elle qui verrait la Kabylie dans le ciel de Bruxelles.

Le ciel est trop bas, ici.

Alors elle se met à compter les jours — jusqu'au jour d'avril où la mer sera enfin traversée, où Louis montera dans le train-paquebot pour se rendre à Paris. Louis n'a jamais vu Paris et Eugénie est déjà émue à l'idée d'assister à sa découverte. Elle aime Paris à la folie. Peut-être encore plus qu'Alger.

À son rêve éveillé, ma mère donne la précision qui fait défaut à son rêve de nuit : « Je me rendrai d'abord à l'hôtel Terminus parce que c'est le seul dont je connais le nom et c'est là que tu iras au cas où tu ne m'aurais pas trouvée à la gare. »

De lettre en lettre et de rêve en rêve s'exprime une peur presque panique de manquer le rendez-vous, de ne pas se trouver, de ne pas se voir, ne pas se reconnaître — une peur « stupide ». Elle va même jusqu'à inventer dans son sommeil des retrouvailles dans « une minuscule gare de village » : « c'était au petit jour et j'étais seule sur le quai – il y avait tout de même un quai ! — et tu apparaissais à la portière d'un de ces vieux wagons hauts sur roues, au-dessus d'un III jaune en chiffres romains. » C'était beaucoup plus simple.

Le mercredi 5 mars, comme tous les matins à son réveil, Eugénie a compté les jours : il en reste vingt-sept, seulement vingt-sept et elle a l'impression d'être la personne la plus heureuse de la Terre. Elle met une majuscule au mot Terre. « Si heureuse que par moments j'ai peur. Je me dis que ça ne doit pas être permis d'avoir tant de bonheur, qu'il doit y avoir un petit dieu jaloux pour vous en empêcher. » Des mots d'enfant, des mots limpides, de ces mots qui émeuvent Louis « jusqu'à le paralyser ». De son écriture bleu-marine, il lui murmurait le mois dernier : « Il y a quelque chose d'effrayant dans l'amour, ne crois-tu pas ? Un peu comme si on vous disait : "vous allez connaître Dieu". Peut-on s'empêcher de craindre d'être écrasé, de n'être point capable de se soutenir à une pareille hauteur ? Cet arrachement à la terre me dépayse terriblement. »

Eugénie a envoyé une photo prise dix ans plus tôt devant la maison de son enfance, à Ménerville. C'est-à-dire en 1937. La végétation a poussé dans le jardin et on a rajouté un bâtiment sur le côté. « J'étais plus blonde à cette époque », note-t-elle, blonde comme la femme sur le portrait accroché derrière le lit de Louis et qu'il ne reconnaît plus aujourd'hui. Il ne reconnaît plus le visage qu'il a pourtant si longuement regardé dans sa chambre de la rue Rochambeau. Cette jeune femme blonde, c'est cette inconnue de vingt ans, qui est partie, qui s'est mariée et s'en est allée vivre à Bruxelles. Louis cherche le visage de l'enfant sous la blondeur : « C'est par l'enfance que nos vies sont nouées, lui écrit-il, ce paradis qu'a été notre enfance — celui peut-être dont tu sembles avoir la nostalgie sur ta photographie. »

Eugénie ne va plus au cinéma, elle attend. Le bateau part le lundi 31 mars et le train-paquebot arrive à 5 h 30 du matin. En pleine nuit. Tant mieux ; il y aura moins de monde sur le quai. Elle y sera. « Imagine les retrouvailles… » Elle ne dort plus. Imagine… « Il faudra faire comme si nous étions seuls au monde, définitivement, comme si nous allions toujours vivre ainsi, ou comme s'il n'y avait plus rien après les vacances de Pâques. *Il faudra en faire un ciel.* »

Un ciel ?

Échoué sur l'île de Paros, tandis que guérit sa blessure, Hypérion rêve : « Assis auprès de la source, nous contemplerons dans son miroir notre monde : nous-mêmes, *et le ciel*, et le jardin, et la maison. »

En ce printemps 1823, celui où Hölderlin se rendit sur l'Österberg dans la maison de Waiblinger et fuma tranquillement une pipe en regardant la « belle campagne » par la fenêtre, venait de paraître une nouvelle édition d'*Hypérion*. Dans sa chambre ronde, au premier étage de la tour, le poète ne lâche plus le livre : chaque jour il en lit des passages à ses hôtes, qu'il agrémente de commentaires avec une « logique de pensée qu'on ne lui a plus vue depuis longtemps ». Hölderlin a retrouvé la Grèce. Hypérion peut reprendre la route. Dans son cerveau, les noms sont là, intacts. Sur son bureau, il prend une feuille de papier et il écrit à Diotima : « Je l'avoue… J'aurais souvent préféré vivre dans des montagnes plus solitaires situées derrière nous, dans les agréables contrées de Thèbes, de Macédoine et de l'Attique, sur les hauteurs et les versants des vertes vallées d'Olympie, sur les monts de Thrace, là-haut, à Lemnos, sous les arbres ombragés de la lointaine Ithaque, aux alentours de Mytilène ou de Paros… »

Sous ses yeux coule le Neckar et Hypérion est heureux. « Comment dire ma joie plus clairement ? Dois-je parler des hommes du passé ? Ou de ceux du présent ? »

En Grèce, au présent, il vient de l'apprendre, le Péloponnèse est enfin libéré : « C'est étonnant ! Cela me réjouit ! » s'exclame-t-il en poursuivant sa lettre. Qui prétend que Diotima est morte ?

« C'est à peine si je sais comment je t'ai quittée après notre séjour dans l'île… Je me garde de me séparer de toi. La vie aurait peut-être quelque attrait pour moi. »

Peut-il récrire l'histoire ? Cette fois, il ne ferait pas mourir Diotima. Suzette avait raison.

C'était en 1798, pendant l'hiver qui suivit ce lumineux automne passé dans la demeure d'Adlersflicht. Chaque jour, après ses leçons, il travaillait au second volume d'*Hypérion*. Hölder supportait de plus en plus mal sa position de précepteur : « À Francfort, le précepteur est toujours la cinquième roue du carrosse » se plaignait-il. Mais, chaque jour, il voyait Suzette et l'histoire d'Hypérion s'écrivait.

Le second volume commence au moment où le héros s'éloigne de l'île bienheureuse. Il vient de quitter Calaurée, Diotima lui a apporté des roses et des raisins et ils se sont dit adieu. Puis, traversant l'étroit chenal qui sépare l'île du continent, il rejoint les terres du Péloponnèse et les montagnes d'Épidaure. « Ton île se devine au loin dans la profondeur », précise-t-il dans sa première lettre à Diotima.

Si proche, vraiment, la mystérieuse Calaurée ? J'étais intriguée.

À tel point qu'un jour d'octobre 1999, je suis montée dans un de ces « Dauphins volants » qui quittent le port du Pirée toutes les heures vers les îles du golfe Saronique : Égine, Poros, Hydra. Calaurée se cache sous le nom de Poros. Poros se vante d'avoir été « Calavria ». Le temps était clair, l'air encore chaud. Mon bateau devait arriver vers midi : à peine une heure de trajet. Tout était si simple.

Hypérion n'avait pas menti.

Un bac traversait le chenal tous les quarts d'heure, en trois minutes. Il suffisait de prendre une voiture pour se retrouver dans le théâtre d'Épidaure, en moins d'une heure. Deux siècles après Hypérion, on voyage presque comme les oiseaux, à tire-d'aile, sur mer et sur route.

Hypérion s'éloigne donc. Il a monté sa tente au bord de l'Eurotas en attendant l'ultime combat. Combat sanglant, combat perdu. Guerrier blessé. Les Russes incendient la flotte turque : « C'est ainsi que les tyrans s'entre-exterminent… »

« Le climat où nous vivons n'est pas celui des poètes », écrit Friedrich à son frère Karl, le 12 février 1798.

L'aventure du héros déçu prendra fin sur l'île de Paros et l'amoureux rêve déjà de son retour à Calaurée. Y croit-il ? Revivre la douceur des saisons sur l'île auprès de Diotima n'est-il pas aussi improbable que de revivre les semaines magiques de Kassel et de Bad Driburg ? Il lui avait dit un jour, là-bas : « Oh ! si ce bonheur pouvait durer seulement six mois ! » Plus de cinq cents jours ont passé.

Hölder est toujours un précepteur, et Suzette une épouse de banquier. « Il faut bien dire que l'honneur d'appartenir à la classe cultivée se paie toujours par quelque souffrance » avoue le fils à sa mère. N'est-ce là que « sombres égarements » ? Peut-être.

Mais le poète doit s'enfuir.

Et, malgré les insistances de Suzette, Diotima mourra.

Poros est une petite île. La pente des collines y est douce. Une île verte, plantée de pins et de citronniers. Quand on quitte le port, sur la gauche, on trouve avec facilité un petit chemin escarpé qui, si j'en crois mon guide, permet de grimper jusqu'aux maigres ruines du temple de Poséidon. En quarante minutes, paraît-il. J'ai emporté mon *Hypérion*, ouvert à la page 139 : « Nous étions un jour quelques amis assis au sommet de notre colline sur une dalle de l'ancienne cité, évoquant la fin que Démosthène avait trouvée en ce lieu… » Démosthène fuyant ses poursuivants, Démosthène suicidé, empoisonné, en 322 avant le Christ. Là-haut, près du temple du dieu de la mer. J'avance sur le sentier désert : serais-je sur « ce chemin montant dans la forêt, le long d'une eau murmurante qui tour à tour tombe en pluie des rochers ou glisse sur les galets » ? Je tends l'oreille. Point de murmure. J'avance sans rencontrer la moindre « hirondelle », la moindre « colombe », la moindre « cigogne », pas plus que de « cheval » ni de « chevreuil »… Pas de « cèdres » non plus, ni de « palmiers », ni de « myrtes », ni de « vigne sacrée ». (Aurais-je mieux fait de rester chez moi ?) Au sommet, quelques pierres derrière une clôture en fil de fer barbelé. Quelques pierres bien gardées, quelques dalles usées, entre lesquelles fleurissent, ce jour-là, ce jour d'octobre 1999, des bouquets de cyclamens mauves.

J'y suis. Je m'assois sur une dalle plate et grise — socle d'un temple ou bien tombeau. Je crois y deviner des chiffres gravés, à peine lisibles. Mon cœur bat : 1959… et puis deux noms, indéchiffrables.

En bas, sur le rivage, m'attend un restaurant nommé *Calavria* — ΚΑΛΑΒΡΙΑ. Des chaises en plastique bleu les pieds dans l'eau. On y sert des poulpes, des rougets et des tomates farcies. ΧΤΑΠΟΔΙ. ΜΠΑΡΜΠΟΥΝΙΑ. ΓΕΜΙΣΤΑ. Sur le menu, deux colonnes, deux temps, deux alphabets.

Sous quel arbre sont enterrées les cendres de Diotima ?

Quand il est arrivé sur le banc, face au ciel pommelé de Guyenne ou de Kabylie, Louis ne pensait plus à sa ceinture. Je me suis assise à côté de lui. Ses yeux avaient retrouvé le sourire. Il ne parlait pas, cependant. Je me demandais quels circuits avaient bien pu se couper pour qu'il en oublie le nom de la rivière dans laquelle il avait si souvent pêché. Qu'est-ce qui, dans son cerveau, avait manqué de nourriture ? Car on avait bien compris que les neurones ne vivaient pas de l'air du temps. En observant de plus près cette fameuse « glie » qu'Einstein aurait eue « en excès », on avait découvert que les cellules qui la constituaient n'étaient pas là pour combler le vide. Elles semblaient même si précieuses qu'on les avaient baptisées « astrocytes » : ces nouvelles étoiles du cerveau éclaireraient-elles de leur lueur les méandres de la pensée ?

Ce que je remarquais sur le dessin qui tentait de schématiser en couleur le plein des neurones et le faux vide de la glie, c'était que les astrocytes ressemblaient à de vraies pieuvres dont les tentacules s'accrochaient d'un côté aux vaisseaux capillaires et de l'autre à ces synapses qui nourrissaient nos délicats neurones. De vrais vampires. Sans eux, les synapses s'endorment. Ou meurent. Plus de clé pour ouvrir le circuit. Cette glie renfermerait-elle donc tout le secret de la mécanique ?

Et je me prenais à rêver.

J'aurais aimé en parler à Louis. Lui apprendre un mot nouveau, qui aurait pu prendre la place d'un de ces vocables familiers dont il a perdu le souvenir. Mais si, de l'*infans*, mon père a retrouvé cet étonnement émerveillé devant le spectacle du monde, il n'est plus apte à en saisir les lois. Les astrocytes ont décidé de mourir, me dis-je. Invisibles, usées, au milieu de la matière grise. Trous noirs.

Pourtant, jamais, l'*infans* ne se lamente.

Ne devrais-je pas me réjouir ?

« Quand j'habitais Alger, je patientais toujours dans l'hiver parce que je savais qu'une nuit, une seule nuit froide et pure de février, les amandiers de la vallée des Consuls se couvriraient de fleurs blanches. Je m'émerveillais de voir ensuite cette neige fragile résister à toutes les pluies et au vent de la mer. »

Je me demande où et quand Louis a lu cette phrase de Camus écrite en 1940. Je l'ai trouvée, soulignée, dans un livre de la bibliothèque, rangé non loin de « Mon Faust ». Camus et lui ont vu filer les mêmes saisons dans le Grand Lycée d'Alger, sur les hauteurs de la ville. Ils n'étaient pas dans la même classe, mais ils ont appris la lumière en regardant le même carré de ciel par la fenêtre.

Louis ne parle pourtant jamais des amandiers, ni de leurs fleurs dans ses lettres.

En 1947, pendant les longues journées qui ont précédé le 31 mars, où en était la neige fragile sur les branches ? s'était-elle déjà envolée ? Un matin, un lundi (ce devait être le 10 mars si mes calculs sont exacts), Louis est descendu jusqu'au port, du côté de la Gare maritime. Le *Ville d'Oran* était à quai. Louis se sentait « plein de sentiment pour ce bateau » — puisque c'était celui qui devait l'emporter, vingt jours plus tard. Un paquebot tout neuf. Longtemps, il a contemplé le large, sans se souvenir que son regard, à cet endroit, était forcément dirigé vers l'est, ébloui de soleil, tandis que le nord, le nord d'Eugénie, s'enfuyait sur sa gauche.

« Ce doit être une chose si simple, le bonheur ! Ne l'avions-nous pas déjà découvert enfants ? Redevenons des enfants », lui écrit-il huit jours après cette promenade. « Peut-être », poursuit-il mais, se ravisant, et rayant d'un trait ferme ce « peut-être » pour le remplacer par un « sans doute », il ajoute : « sans doute n'avons-nous jamais cessé de l'être, au fond ! »

Sur son bureau il regarde pour la centième fois la carte postale qui représente « L'avenue de Tervueren » à Bruxelles. C'est là qu'habite Eugénie. Elle a tracé une petite croix noire au-dessus d'une maison presque invisible située tout au fond, en face de quatre majestueuses rangées de marronniers. Les demeures, à cet endroit, sont aussi imposantes que les arbres, ce qui n'empêche pas Eugénie de les trouver « tout simplement *hideuses* », chacune avec son petit jardinet derrière une haute grille en fer forgé. Seul trouve grâce aux yeux de ma mère le massif de rhododendrons de plus de « trente mètres de diamètre » qui fleurit tout au bout de l'avenue et que l'on visite, une fois par an, comme un monument.

« Comme je voudrais ne plus être triste » a-t-elle ajouté, en lettres minuscules, au-dessous de sa signature.

Neige des amandiers contre *féerie* des rhododendrons. Les couleurs s'échangent par-dessus la mer — dans un décalage de saisons.

En attente.

Assis sur les hauteurs de l'île de Salamine, Hypérion se souvient :

« Songez qu'il y a des hommes qui se prétendent joyeux : mais vous n'avez rien deviné encore de la joie !...

Songez que l'on peut redevenir pareil aux enfants... »

Cette fois, Louis veut que soit noté l'instant exact où sa lettre s'écrit : « samedi 29 mars 1947, le soir ». Car Louis est « effondré », anéanti.

Comment cela est arrivé ?

C'était il y deux jours, jeudi, son esprit avait déjà franchi la mer et il s'étonnait presque que son corps n'ait pas suivi. De la rue Rochambeau, il a pris le plus court chemin : avenue de la Marne, rue Bal-el-Oued, jusqu'à la place du Gouvernement, il ne voyait rien. Il a dévalé les escaliers de la Pêcherie et s'est retrouvé sur le port. Le *Ville d'Oran* n'était pas là, mais il était confiant. Plus que quatre jours. Il s'est dirigé vers le guichet de la Gare maritime, il voulait retirer sa place. Sa place retenue, rêvée, acquise, occupée, déjà. Vingt-quatre heures sur l'eau. Tout un jour, toute une nuit et il serait de l'autre côté. Mais un employé l'a arrêté : « Le bateau est réquisitionné. » Le *Ville d'Oran* n'est plus son bateau, le *Ville d'Oran* appartient à l'armée. Les soldats passent avant les amoureux. Et l'Indochine a besoin de soldats. La guerre probable veut des hommes.

« Places annulées sans recours possible. » Au guichet, l'employé reste calme. Louis tourne les talons, incrédule. Puis il revient, prie, implore, fait valoir ses droits. Silence. Louis n'ose télégraphier la nouvelle.

Et si ce n'était qu'un cauchemar ?

Il a gravi les escaliers, refait le chemin à l'envers, le même chemin. Il attend la nuit. Le noir. Il sera beaucoup mieux dans le noir.

Et il écrit.

La « cinquième roue du carrosse » s'est détachée un soir de septembre 1798, aux premiers jours de l'automne, dans le vert « mourant » des jardins. Le précepteur ne reverra plus ses élèves. Henri est triste, déjà. Suzette n'a rien fait pour retenir la roue. Pas de cris. De la fierté. Hölder est vivant. C'est l'essentiel. *Hypérion* est achevé. En deux volumes. La date de parution n'est pas fixée. Hölderlin n'a pas cédé : Diotima est morte.

En automne.

Sur l'île de Paros, le soleil est encore tiède. Le vent joue avec les feuilles tombées. De loin en loin retentit seulement dans les bois « le fracas d'un arbre abattu par la hache d'un bûcheron ». Le bateau doit arriver le soir pour ramener le héros déçu sur les terres de la bien-aimée, à l'ouest, tout contre le Péloponnèse. Inutile de tenter d'apercevoir la forme de l'île au couchant : Calavria est invisible à l'œil nu. Paros est l'île du milieu, à mi-chemin entre les côtes de l'Attique et les rivages de Smyrne. Hypérion attend le navire, confiant. Il compte les heures qui le séparent de Diotima en espérant des vents favorables. Il a sorti sa lyre et joue seul sur la plage, lorsqu'une barque accoste tout près de lui. Son serviteur lui remet une lettre, la lettre que Suzette ne voulait pas qu'il écrive : celle qui annonce la mort de Diotima. « Une belle mort. »

Mais Suzette se moque que sa mort soit belle.

C'est elle qui rompra le silence. Elle est vivante.

Ce matin (deux jours après la séparation), elle est montée dans *sa* chambre, elle a ouvert le tiroir du bureau dans l'espoir d'y trouver quelques objets qu'il aurait pu y laisser : elle a ramassé « quelques bouts de papier, un peu de cire à cacheter, un petit bouton blanc et un morceau de pain noir durci ». Depuis, elle conserve tout cela sur elle, « comme des reliques ». Et depuis, son seul plaisir, c'est de sortir au « grand air », de marcher jusqu'à l'endroit d'où elle peut voir ce « cher Feldberg » qui, telle une muraille aux doux contours, empêche Hölder de s'en aller trop loin. Hölder n'est qu'à trois heures de marche. C'est peu. C'est visible à l'œil nu. « Ne plus rien entendre ni savoir l'un de l'autre malgré le peu de distance qui nous sépare », voilà ce qui est inconcevable après une « *intimité aussi profonde* ».

Hölderlin a écrit à Henri. Suzette tient la lettre entre ses mains. L'élève est fier et heureux : son maître l'aime. Tout le monde doit le savoir, et d'abord son père, si sévère. Mais le père est catégorique : Hölder n'est plus à son *service.* Hölder n'existe plus. Pas plus que son ami Hegel. Oublier : voilà son devoir. L'élève obéit. La lettre disparaît à jamais.

Hypérion n'est pas monté dans le bateau qui se dirigeait vers Athènes et le Péloponnèse. Calaurée n'existera plus que dans son souvenir. Il a filé vers la Grande Grèce, sur l'île où est mort Empédocle. Hypérion gravit les pentes de l'Etna. Le guerrier désillusionné n'aura pas le courage du philosophe d'Agrigente, il le sait. Il ne se jettera pas dans le feu du volcan. Il se contentera d'ouvrir ses oreilles.

Et Hölderlin écrit, sous sa dictée :

« ... je te vénère à l'égal de la Terre, ô victime intrépide ! Et si l'amour ne me retenait, je voudrais suivre dans le gouffre ce héros. »

Hölderlin aime. Hölderlin écrit.

On ne retrouvera pas ses sandales au bord du volcan. Il vit.

Le précepteur qui a perdu sa place lève les yeux sur les jardins et sur le coteau planté de chênes qu'il voit de la fenêtre de sa nouvelle chambre. Il a de la chance. Il lui suffit de faire quelques pas pour se retrouver dans les prés, quand il est « fatigué de son travail ». Il habite chez un vitrier, M. Wagner, à Hombourg vor der Höhe, entre la ville et la campagne. Une vie « saine » : un bon déjeuner préparé par ses hôtes pour la modique somme de seize sous et, le soir, du thé et quelques fruits.

Il a décoré les murs de son nouveau logis de cartes géographiques des quatre continents et il dispose de trois tables : l'une pour ranger les livres, la deuxième pour écrire et enfin la plus petite, devant la fenêtre « près des arbres », où il se sent « vraiment chez lui et se laisse aller ».

La première lettre de Suzette vient d'arriver.

5 octobre 1798, un mercredi : « *S.s.v.* » Si je suis vivante… Tels auraient pu être les premiers mots de Suzette. S'accommoder, seulement, à ce nouvel espace, à ces *trois heures* de distance, réinventer un emploi du temps, recomposer les jours et les nuits, tenir compte de la pluie et du froid, de la fatigue, de l'impatience.

Voici donc ce qu'elle propose : « tu viendras tous les premiers jeudis du mois et s'il fait mauvais, le premier beau jour de représentation théâtrale. »

C'est le seul moyen qu'elle ait trouvé pour pouvoir compter les jours — jusqu'au « but ». Elle se sent aussitôt plus légère. Compter. Décompter. Découper. Oser tailler dans la masse informe du temps, devant.

Était-ce l'année de la réédition d'*Hypérion*, 1822, ou bien plus tard, Waiblinger reste vague, mais un beau jour Hölderlin décréta qu'il allait se rendre à Francfort, qu'il le fallait, que la distance ne comptait pas, qu'il avait de bonnes chaussures et de bonnes jambes. Il avait pris sa décision. On tenta de le raisonner. Francfort était très loin, au nord. Où vivait-il en cette minute ? Où se voyait-il ? à Hombourg vor der Höhe ? ou bien ? Sous ses yeux : une rivière, des prés, une colline, et puis, derrière, le lointain. Les routes, toutes les routes.

C'est la durée qui mesure la longueur du chemin.

Marcher jusqu'à Francfort, comme autrefois, tous les premiers jeudis du mois. Trois heures de marche, c'est si peu. Personne ne semble le croire. Nous sommes à Tübingen, lui dit-on. Zimmer lui interdit de sortir et lui confisque ses bottes. Zimmer vivrait-il donc dans un autre monde que le sien ? Et tous les autres avec lui ?

M. le Bibliothécaire se sent seul. Furieux, il remonte dans sa chambre et décide de ne plus se lever. Pendant « cinq jours » il restera couché.

C'était l'après-midi, vers trois heures, qu'il arrivait, comme convenu : « Entre sans gêne, lui avait écrit Suzette,... monte l'escalier lestement, comme toujours, la porte de ma chambre sera ouverte, à cette heure-là les enfants travaillent dans la chambre bleue du fond et ne pourront pas te voir si tu longes le mur... Nous aurons une heure de tranquillité... »

Lestement.

Comment être *leste* aujourd'hui ? Le matin, il se lève avec le soleil, ou même avant, et il sort se promener « dans l'enceinte » du jardin. La marche peut durer quatre ou cinq heures. Sans sortir.

Il a fallu plusieurs mois pour que les pas tracent un nouveau chemin sous les chênes du jardin. Une sente étroite, où l'herbe n'a plus repoussé, après l'hiver, à force d'avoir été piétinée. C'est en général l'après-midi que Louis prend son élan pour sortir. Le corps de Louis se souvient qu'il a toujours aimé marcher l'après-midi. Une marche sportive, le pas rapide, le buste droit. Depuis que les chemins se sont effacés de sa mémoire, Louis a créé *son* chemin. Il ne marche plus pour aller quelque part : il marche pour vérifier le bon fonctionnement de ses jambes — pour s'en émerveiller. Vingt-cinq mètres suffisent : la largeur du bosquet. Au début, il comptait ses allers-retours. Maintenant il oublie, il avance, concentré sur son seul mouvement. L'arrêt est toujours brutal. Je lui demande ce qui, en lui, dicte cet arrêt, puisqu'il ne compte plus ni les minutes ni les pas. « C'est assez » : voilà sa seule réponse, comme s'il détenait la clé du juste équilibre à tenir entre le déplacement et l'immobilité.

« C'est assez ! » On dit que ce furent les derniers mots prononcés par Emmanuel Kant en essayant de boire de l'eau sucrée avec un peu de vin, vers une heure du matin, le 11 février 1804, après trois longues années vécues dans l'impatience.

La journée a été très chaude. Un orage a éclaté à la fin de l'après-midi. Bref et violent. J'ai essuyé les gouttes de pluie sur la table en fer vert pomme et j'ai mis le couvert dans le bois. De plus en plus silencieux, Louis ferme souvent les yeux lorsque je lui pose une question, comme pour me dire : « Je ne suis pas ici. »

Alors, « Où ? »

Après qu'on lui eut caché ses bottes, Hölderlin ne reparla plus de la ville où habitait Suzette et quand on lui faisait remarquer, pour le provoquer : « Cela doit faire longtemps que vous n'avez plus été à Francfort », il répondait « en s'inclinant » cérémonieusement : « C'est ce que *vous* prétendez. »

Lorsqu'elle reçut le télégramme de Louis, posté le 29 mars 1947, lui annonçant qu'il ne serait pas à la gare à cinq heures et demie du matin, le surlendemain, Eugénie crut se retrouver dans son rêve, celui dans lequel Louis portait un béret basque et un drôle de petit manteau, ce même rêve où la gare de Lyon donnait directement sur le port d'Alger. Alors elle comprit aussitôt qu'elle était *déjà* partie, qu'il y avait des jours et des semaines qu'elle ne voyait plus l'horrible oiseau de proie au-dessus de sa cheminée, ni les fausses flammes de son poêle à gaz, ni les bourgeons sur les arbres de l'avenue de Tervueren.

Elle n'était plus ici.

« Je voudrais rêver sans cesse, mais rêver, c'est s'anéantir soi-même, c'est de la lâcheté. Il faut *sentir* ! » avait écrit Suzette au cinquième mois de la séparation, au mois de mars 1799.

Partir. Pour ressentir.

Il était impossible que l'armée eût réquisitionné tous les

bateaux, il en restait bien un pour elle, elle en était certaine et, avec un peu chance, en quittant Bruxelles le jour même, elle pourrait peut-être encore voir les amandiers en fleur dans la vallée des Consuls.

Eugénie est déjà dans le train. Elle ne dormira pas de la nuit. « Nous venons de passer la frontière, un voyage long et ennuyeux ; mes compagnons de compartiment sont peu sympathiques, rien que des femmes, sauf mon voisin, un petit jeune homme snob qui fait du grec. »

Paris, Lyon, Marseille.

Le 7 avril, elle se trouve sur le Vieux Port, d'où elle envoie une carte postale achetée à Lyon.

La carte représente une petite rue sombre, déserte et sans charme d'un vieux quartier de la ville. À l'angle, on devine la présence d'un café dont on ne lit que la moitié du nom, un mot seulement : *Soleil.* C'est pour ce seul mot qu'Eugénie a choisi cette carte. « Soleil » contrastant avec la tristesse de la ruelle en pente. « Soleil » est un mot de passe, semble-t-il, entre les amoureux, depuis cet été 46, celui de la Madrague. Il apparaît plusieurs fois dans les petits billets glissés par Eugénie dans la boîte aux lettres de la rue Rochambeau. J'en ai retrouvé deux. « Mon petit soleil » : c'est ainsi qu'elle appelle Louis dans un mot écrit un dimanche, celui où elle lui fixe un rendez-vous pour le lendemain dans « sa » librairie, boulevard Victor-Hugo. Le deuxième, écrit à la hâte, devait être accompagné d'une photo — une photo prise « *sans mon petit soleil* », précise-t-elle dans le post-scriptum.

Son bateau part le lendemain, un mardi. Elle a eu de la chance : elle a réussi à avoir une place en échange de *café*.

La guerre laisse encore ses traces. Elle en profite. Eugénie marche seule dans Marseille. Elle compte les heures. Elle veut être l'une des premières à embarquer : et si son billet n'était pas valable ? S'il n'avait pas plus de valeur que son précieux kilo de café ? Tout cela paraît si irréel.

On la conduit dans une cabine sans hublot. Tant pis.

Seule, elle attend le sommeil sur le pont. On dirait qu'elle est transparente. L'air est un peu frais. La mer est calme. Tout va bien.

Combien y a-t-il eu de jeudis depuis la lettre du 5 octobre ? L'été, comme tous les étés, a vu la famille Gontard émigrer vers la campagne. « Bien des choses restent sombres jusqu'au lever de *notre soleil* » écrit Suzette en plein mois d'août 1799, le 15 août exactement. Dans la maison d'été, plus de montée *leste* et discrète dans la chambre par le petit escalier en rasant le mur. C'est au-dehors qu'ont lieu de furtives rencontres, dans l'allée du jardin. « Mes yeux avides ne quittent pas l'allée de peupliers » (les peupliers de l'Adlersflicht ?) On se guette, on s'attend, sans certitude et dans la crainte d'être surpris.

Il y a huit jours Suzette n'était pas seule : elle se promenait avec un couple d'amis, les S..., lorsqu'elle fut comme « foudroyée ». Elle eut l'impression de reconnaître la silhouette de Friedrich dans l'allée. Prise d'un malaise, elle remonta aussitôt dans sa chambre et s'installa près de la fenêtre « sans détourner les yeux ». Et l'illusion recommença : tantôt elle voyait le visage de Hölder à travers un buisson, tantôt il apparaissait derrière un arbre et semblait la regarder. Sa pensée se figea :

« c'était comme si, ayant voulu t'enlacer, tu n'étais plus qu'une ombre. »

Folie ?

Elle vient de mettre au point un nouveau calendrier pour l'hiver, quand ils auront regagné la ville : « Tu pourrais venir tous les deux mois, *avec le maximum de prudence*, le jeudi convenu, à neuf heures du soir sous la fenêtre. Je verrais alors que tu es toujours là et que tu te portes bien. » Le voir. Voir son corps. Son corps vivant. Voir le corps pour faire fuir les fantômes. Par la fenêtre, elle lui « lancera un billet ». Des mots, des mots qui seront un morceau de son corps, à elle, dissimulé derrière les rideaux. Elle est même prête à se passer de ses mots, à lui, pourvu que ses yeux soient rassurés. Ses yeux seulement. Parfois ses mains.

« Il me restera toujours tes écrits. » *Hypérion* est enfin paru. Elle l'attend, car elle ne peut « se résoudre à l'acheter pour quelques pièces de monnaie ».

Il lui restera aussi ses autres lettres, les lettres du printemps, du début de l'été. Combien y en eut-il ? Personne ne le saura jamais. Alors je relis pour la dixième fois la lettre 182 de l'édition de la Pléiade, ce brouillon rescapé par miracle qui, après bien des conjectures, fut classé entre une lettre du 18 juin adressée à Friedrich Steinkopf et une longue méditation sur la poésie destinée à son ami Neuffer (le 3 juillet). Je relis ces quatre paragraphes sauvés de la disparition. Je dois m'en contenter. Je dois recomposer l'été autour de ces quarante-cinq lignes. Je dois envelopper les mots de l'air un peu trop « vif » de la montagne (« C'est la seule chose que j'aie à reprocher à ce pays et à cet endroit » se plaint Friedrich à sa sœur). Nulle autre joie sous la main que celle du « beau temps, du gai soleil, de la verdure », une joie qui « ne vieillit jamais ». La seule. Impossible, sans doute, de voir arriver l'été sans penser à Kassel et à Bad Driburg. Trois ans déjà. « Te souviens-tu de ces heures tranquilles, où nous étions à deux, et seulement tous les deux ? Quel triomphe ! L'un et l'autre si libres, si fiers, si vifs, épanouis et resplendissants en notre âme, notre cœur, nos yeux, nos visages… ! »

Et puis plus rien.

Suzette est rentrée à Francfort. Elle est malade — fièvre, violentes migraines. Pendant plusieurs jours, elle ne quitte pas le lit. Seule, et ravie de l'être. Elle a mis beaucoup de fleurs à la fenêtre, des fleurs d'automne — et attend le prochain jeudi, en surveillant les nuages dans le ciel.

Hölder lui a promis d'apporter le livre, la prochaine fois.

C'est aux premières lueurs de l'aube qu'il doit quitter sa chambre de Hombourg, car le rendez-vous est fixé à dix heures : Suzette a promis de se rendre, quand elle le peut, dans une des « chambres du bas », là où on range la lessive. Si elle est seule, ils pourront s'échanger leurs lettres en main propre. *Trois heures de marche*. Suzette les compte, les imagine. Comment fera-t-il, cet hiver, dans la nuit ? Ne vaudrait-il pas mieux retarder l'heure du rendez-vous ? Onze heures par exemple ? Ou même trois heures, comme l'année dernière ?

Ce matin, elle le guette par la fenêtre. Impossible de l'approcher. Il a « l'air content » et tient un livre à la main.

Son livre. Son *Hypérion*. Et elle s'en réjouit déjà. Ils doivent se voir ce soir au théâtre. « *Notre plus cher amour, connu de nous seuls, restera un secret inviolable* » lui écrit-elle à peine a-t-il tourné le dos.

Hölderlin a glissé une lettre dans le livre : « Voici notre Hypérion, très chère ! Ce fruit de nos bienheureux jours : tout ce qui est dit ici et là d'elle et de nous, de *la vie de notre vie*, accepte-le en guise de remerciement… »

Sur la page de garde, il s'est contenté de ces mots :

« À qui d'autre qu'à toi ? »

Ce n'était encore jamais arrivé — du moins pas en ma présence : depuis qu'il ne se rasait plus tout seul, jamais je n'avais surpris le regard de Louis se reconnaissant dans un miroir.

Pourquoi, ce jour-là, a-t-il levé les yeux sur la vieille glace un peu piquetée suspendue au-dessus de la cheminée, dans la salle de séjour ? C'est par surprise que l'avait saisi son reflet. Figé devant la vue de son propre visage, il s'était aussitôt touché la joue, puis les lèvres, puis le front, comme pour s'assurer que c'était bien lui, de l'autre côté. De ses doigts malhabiles, il avait tiré sur sa peau. Regardant fixement le miroir, il tentait d'agrandir ses yeux.

« Tu n'as pas cette tête-là, dans ton souvenir ? »

« Pas tout à fait. »

Puis il avait fermé les yeux. Ce visage-là ne l'intéressait manifestement pas.

Au cours de l'hiver 1828, le menuisier Zimmer apporta quelques transformations à la demeure de son pensionnaire. Le 1er novembre, il annonçait avec fierté que Hölderlin disposait désormais d'un couloir de quarante-deux pieds de long qu'il parcourait tous les jours de ses « terribles enjambées ».

Hölder a cinquante-huit ans. Il a perdu ses dents de devant, ce qui fait ressortir son menton. Mais « il n'est plus malheureux ». L'autre jour il a reçu la visite de Nast, un vieil ami de l'université et, pour lui, il a improvisé quelques mesures sur son pianoforte. Nast en eut les larmes aux yeux et se jeta à son cou, bouleversé.

L'hiver n'est qu'attente du printemps. Le poète refuse d'enfiler les bas de laine que son frère lui a envoyés pour Noël. Le froid le chasse de « l'enclos » et il revient à son couloir. *L'hiver*, c'est le titre du dernier poème, l'hiver, « l'air est plus délié, et claire la forêt… »

Coiffé d'un bonnet blanc, l'homme n'a plus d'âge et cherche son nom.

« Quand je serai un enfant aux cheveux gris, je voudrais

que le printemps, l'aurore et le crépuscule me rajeunissent chaque jour un peu plus, jusqu'à ce que je sente venir la fin et que j'aille m'asseoir dehors pour m'en aller vers la jeunesse éternelle », avait-il écrit à sa sœur dans sa petite chambre de Hombourg, il y a tout juste trente ans.

C'était l'été, l'été 99, celui où il apercevait Suzette dans l'allée des peupliers, leur dernier été. Les billets s'échangeaient alors par la fenêtre de la lingerie. Ils s'échangeraient encore quelques mois. « Ce qui est révoltant, c'est l'idée que nous allons peut-être périr en pleine force parce que l'un manque à l'autre. » Doit-il envoyer cette lettre ? Il hésite, puis poursuit, « Faut-il taire ce qui vit dans nos cœurs ? », comment va réagir Suzette ? il doit se montrer plus précis, il se reprend, faut-il garder le silence sur ce que « l'on ne peut changer » ? Où aller ? Comment tenir ? Écrire ? Il se trouve de plus en plus maladroit. Point, à la ligne :

« J'ai pensé aussi que si nous pouvions vivre de renoncement, peut-être saurions-nous puiser nos forces dans cet adieu résolu à tout espoir… » Il s'arrête. Il ne peut plus continuer. Tout reprendre. Recopier — peut-être.

Personne ne le saura jamais. Ce sont les derniers mots *parvenus jusqu'à nous*, la dernière phrase interrompue écrite *pour nous* par Friedrich Hölderlin à madame Suzette Gontard.

Les autres, il faut les inventer.

Trente hivers se sont succédé.

Et, toujours, « les étoiles sont éclatantes dans le ciel… et la douceur de vivre se poursuit ».

C'est son « Âge d'Or qui revient » annonce triomphalement Zimmer à l'arrivée des premiers bourgeons.

« Hölderle » est de plus en plus « calme ». Il se lève à trois heures du matin pour aller se promener et se montre souvent « fort gai », surtout lorsqu'un pensionnaire s'installe au pianoforte et se met à jouer une valse.

Il lui arrive même de danser.

Je ne saurai jamais si les amandiers étaient encore en fleur le 9 avril 1947. Je ne saurai rien de ces soixante jours où Louis et Eugénie ne se sont pas quittés. Je ne saurai que la douleur de l'arrachement, de *l'écartèlement* (le mot est souligné dans la lettre bleue sur papier blanc) au matin du 10 juin, quand le bateau s'est éloigné du quai, en route vers Port-Vendres.

1947 : « Matin de gloire sur le port d'Alger. Le paysage, bleu d'outremer, viole les vitres et se répand de tous les côtés de la chambre. » Camus a oublié de noter le jour, il a trente-quatre ans, l'âge d'Eugénie.

Ma mère s'est assise par terre sur le pont du navire, au soleil. Elle ne bouge pas, ne lit pas, ferme les yeux. La matinée passe. La chaleur lui fait du bien. Elle n'a aucune envie de *ne pas* penser à Louis.

La preuve : à peine débarquée, elle achète une carte postale, une vue de ce port minuscule prise du haut de la colline, entre deux pins parasols. C'est une rade profonde, abritée des vents, qui me rappelle l'étroit chenal de Poros : de petites maisons serrées les unes contre les autres tout au bord de l'eau. Une aridité piquée d'oliviers et de lentisques.

Eugénie échouée sur l'île de Calaurée... La Compagnie des chemins de fer est en grève. Elle s'est installée à la terrasse d'un café et attend. Elle a trouvé un petit hôtel éloigné du centre. « Je suis bien seule. » On vient de lui offrir une place dans un camion qui file sur Toulouse pour le prix d'une « troisième classe ». Elle refuse. Elle préfère repasser par Lyon et pense au Café du Soleil. C'est la dernière fois qu'elle rentre à Bruxelles, elle le sait. Elle rentre pour partir. La date est même fixée. 13 juillet. Dans un mois. Un mois flottant — « je voudrais fermer les yeux jusqu'au 13 juillet », elle l'écrit. « Fermer les yeux. »

Louis n'a pas pu dormir de la nuit. Au matin, il est passé devant *sa* librairie puis, avec détermination, il a remonté la rue Michelet, le boulevard Saint-Saëns, jusqu'aux grands escaliers du cinéma Debussy. Il avançait, de plus en plus serein, dans les pas d'Eugénie. Il s'est arrêté au pied de son immeuble, rue Edith-Cavell : la mère dormait encore, les volets du deuxième étage étaient fermés. Quand il pense à la mère d'Eugénie, Louis a dix ans. Il est à Ménerville. Les visages n'ont pas vieilli.

Et il se sent brusquement heureux.

Eugénie est arrivée très tard à Bruxelles, le surlendemain, il était près de minuit. « L'herbe avait poussé dans le jardin et envahissait le petit chemin. » Elle n'avait pas sa clef et tout était éteint. « Je me suis demandé si j'allais casser un carreau et entrer de cette façon — mais je n'étais pas sûre d'être chez moi. » Pas chez elle : c'était son sentiment. Si le dernier tram pour la ville n'était pas déjà parti, elle serait allée à l'hôtel. N'importe quel hôtel. Peut-être y serait-elle restée, jusqu'au départ.

En fermant les yeux.

Mais elle s'est réveillée. Elle a sonné. Son lit était toujours là.

Au mois de mai 1800 Suzette a décidé de faire planter des arbres dans un nouveau jardin qu'elle possède sur les bords du Main, « des arbres à elle ». Elle aime cette occupation et souhaite y consacrer le plus de temps possible. « Ainsi, à l'avenir, quand tu penseras à moi, je voudrais que tu me voies occupée à une tâche qui me plaît. » Cet hiver, elle a rangé les lettres de Hölder « à la manière d'un livre » : « et si je devais rester longtemps sans nouvelles de toi, je le lirais en me disant : il en est encore de même ! » Car la vraie tâche de Suzette, c'est de domestiquer le temps, de fixer des horizons. Hölder songe à se rapprocher de sa famille. « Tu viendras quand tu pourras et je t'attendrai sans anxiété. »

Lente, aussi, est la croissance de l'arbre.

Quelqu'un a-t-il remarqué le mouchoir blanc qu'elle met parfois à sa fenêtre ? Il est le signal, pour Friedrich, que le chemin n'est pas libre, qu'il doit revenir le lendemain.

Hölder a gardé sur son bureau sa lettre du 5 mars dernier, celle où elle lui parlait de son installation prochaine à « la maison du jardin » et de leur probable rendez-vous le premier jeudi de mai. Au dos, il a commencé à griffonner un poème : *Qu'est-ce donc que la vie des hommes ? Une image de la divinité…*

Le poème se glisse entre les lettres et se retrouvera dans la malle adressée à madame Gok à son départ de Bordeaux.

« Le simple ciel nu est-il donc si riche ?… »

Le poème, peut-être, sauvera du feu les mots de Diotima.

Quand est arrivé le jeudi, ce fameux jeudi de mai, Suzette s'est tout à coup sentie désemparée. « Si tu ne viens pas comment renfermer et conserver en moi-même les sentiments violents qui s'élancent vers toi ?… Et si tu viens, comment maintenir l'équilibre… » Elle hésite, se rétracte, poursuit : « Promets-moi de ne pas revenir et de partir apaisé… » Elle ne sait plus, mais ne déchire pas sa lettre, elle ne la recopie pas.

Il la lira.

« Adieu ! Adieu ! Que la bénédiction… descende sur toi…

Je ne ferme pas les guillemets.

Il arrive aux saisons de nous attraper par surprise, un peu avant l'heure. L'ombre n'est pas prête sous les arbres. Ce treizième jour du mois de mars, un mercredi, s'annonce glorieux comme un jour d'été, sautant par-dessus le printemps. Sur la départementale qui longe la rive droite de la Dordogne, je n'ai pas encore croisé une seule voiture. Je file vers le nord. Vers Paris. Je roule sur des routes lisses et neuves. Un train me double sur la gauche, à l'entrée de la ville de Souillac, juste avant de s'engager sur la lente courbe du viaduc qui domine la vallée. Mon train. Celui de mes allers-retours. Ce matin, la lumière a l'éclat d'un jour de mai.

J'ai quitté Louis sans un mot.

Je suis la route de Hölderlin, du moins je l'imagine. Une parallèle en quelque sorte, sous le même ciel.

Hier, une brume légère masquait la vue sur la rivière et les villages. J'ai demandé à mon père : « Qu'y a-t-il derrière la brume ? » Je voulais savoir dans quelle direction ce paysage invisible orientait ses rêveries. La Guyenne ou la Kabylie ? « Une autre brume » a-t-il répondu.

C'était une autre façon de fermer les yeux. Ne plus rajouter de mots nouveaux. Répondre en écho. *Être* l'écho. Seulement l'écho. Ne plus prononcer de paroles *de son cru*.

« Les souvenirs se conservent aussi dans les mots » avait écrit le poète dans sa tour.

Il y eut un jour où, à la surprise générale, Hölderlin refusa de signer ses poèmes de son nom. Ce jour, le menuisier Zimmer ne le connut pas, il venait de mourir. C'était en 1837, à la fin de l'année. Pour Hölder, le paysage avait changé : pourquoi serait-il, lui, demeuré le même ? « Scardanelli » venait de naître. Parfois un petit « k » germanique venait se faufiler entre les syllabes italiennes. « Skardanelli » n'avait pas d'âge, seuls ses poèmes s'écrivaient à une date précise du temps : dans le passé ou dans l'avenir, jamais plus tôt que le 3 mars 1648, jamais au-delà du 9 mars 1940.

Je n'ose demander son nom à Louis. Enfant, sa mère aimait l'appeler Fernand, son deuxième prénom. « Nandou », ou plutôt, « Nantou », c'est le petit nom qu'elle aimait chuchoter à son oreille. Je n'ose pas réveiller ce souvenir. Peut-être par peur qu'il ait disparu.

Scardanelli ne fut pas le seul nom du poète, il s'appela aussi Buonarotti, ou Buarotti, ou encore monsieur Rosetti. C'est en italien que l'enfant aux cheveux gris s'exprime avec le plus de gaieté : il parle alors « davantage et de façon plus raisonnable que d'habitude ».

D'habitude : le mot a-t-il encore un sens ?

La lumière devient aveuglante et la route de plus en plus lisse. J'ai quitté la rive de la Dordogne pour piquer vers le nord à travers les collines de Corrèze qui semblent verdir à vue d'œil. Scardanelli n'a jamais osé franchir le deuxième millénaire, pensé-je.

À cette époque, raconte la fille du menuisier, Hölderlin se levait souvent au milieu de la nuit quand lui venait une pensée nouvelle, et il ouvrait tout grand la fenêtre « afin de la communiquer à l'*air libre* ». Lui est-il alors arrivé d'appeler Suzette à l'abri de la lumière et des regards ?

Scardanelli signait presque toujours « avec humilité ». Cela aussi, il faut le rappeler.

Pas plus que je n'ose prononcer son nom, je n'ose évoquer Eugénie devant Louis. C'est elle que je devine pourtant sous ses paupières, chaque fois qu'il ferme les yeux. De toute façon, je suis condamnée à être la mémoire de Louis. À l'inventer.

C'était un an avant la mort du poète, en 1842. Un étudiant de Tübingen avait coutume de lui rendre visite : Fischer (c'était son nom) succédait ainsi à Waiblinger et passait souvent de longues heures dans la chambre de Hölderle. En robe de chambre, les mains croisées derrière le dos, la tête inclinée vers le bas, les cheveux plats et clairsemés, le poète marchait dans la pièce sans regarder ses invités. Fischer saisit un instant d'attention pour évoquer sa Diotima. Il savait qu'à cette question, Hölderlin jamais ne répondait, ou bien il se lançait dans un discours dans une langue inconnue, mais ce jour-là, il lança en *Souabe* : « Savez-vous, savez-vous… folle, qu'elle est devenue, folle, folle, folle. »

Louis ne se souvient certainement pas de ce qui était écrit dans sa dernière lettre envoyée à Eugénie, le 3 juillet 1947, avant les retrouvailles, les retrouvailles définitives, les retrouvailles qui supprimeraient les lettres, à tout jamais — il écrivait : « Moi aussi je voudrais fermer les yeux jusqu'au 14, et les ouvrir ce jour-là, sur les tiens… »

Des collines qui surplombent la Dordogne, Hölderlin a retenu les vignes et la lumière de printemps,

« le temps de mars,
Quand la nuit et le jour sont de même longueur. »

La voiture roule dans le crépuscule rose, il est six heures. Je longe la Seine. Ce n'est pas la « royale Garonne ». Elle scintille. Je suis à Paris.

Achevé d'imprimer
sur Roto-Page
par l'Imprimerie Floch
à Mayenne, le 23 juin 2003.
Dépôt légal : juin 2003.
Numéro d'imprimeur : 57394.

ISBN 2-07-073457-9 / Imprimé en France.

124908